Zwischen Bettlern und Bohème

Egon Erwin Kisch

Zwischen Bettlern und Bohème

herausgegeben und mit einem Nachwort
versehen von Gabi Wuttke

Berliner Orte

be.bra verlag

Bibliografische Information der Deutschen Nationalbibliothek
Die Deutsche Nationalbibliothek verzeichnet diese Publikation in der Deutschen Nationalbibliografie; detaillierte bibliografische Daten sind im Internet über http://dnb.d-nb.de abrufbar.

Berlin-Brandenburg, 2018
KulturBrauerei Haus 2
Schönhauser Allee 37, 10435 Berlin
post@bebraverlag.de
Lektorat: Ingrid Kirschey-Feix, Berlin
Umschlag: Manja Hellpap, Berlin
Satz: typegerecht, Berlin
Schrift: Stempel Garamond 10/14 pt
Druck und Bindung: CPI Clausen & Bosse, Leck
ISBN 978-3-89809-151-0

www.bebraverlag.de

Inhalt

Polizeistreifung in Berlin

Am Oranienburger Tor vorbei, wo in den schäbigen Singspielhallen zu dieser zeitlichen Abendstunde noch sehr »flauer Betrieb« vorherrscht, fährt die Razzia in drei Autodroschken durch Elsässer Straße, Lothringer Straße und Prenzlauer Allee nordwärts, an Arbeiterhäusern, Werkstätten und Fabriken entlang. An der Ecke der breiten Danziger Straße machen die Wagen halt, und zu Fuß zieht die Kriminalexpedition zur Frühstücksstube von Vater Nockentopf. Hier ist der Ralliierungsplatz lichtscheuen Gesindels zu einem Gewerbe, das sich gegen die armen Arbeiter dieses Viertels richtet. In der Mitte der Fahrbahn der Danziger Straße zieht sich ein langes Grasbeet, in dem Bänke stehen. Dort pflegen sich spätabends die Fabriksarbeiter und Handwerksgesellen niederzusetzen, die nach des Tages Lasten im Alkohol Erfrischung gesucht haben und nun doppelt müde und benebelt auf der Bank schlafen oder vor sich hin stieren. Das sind die Opfer. Sie werden bestohlen. Oder es beginnt einer der Wegelagerer ein Gespräch mit ihnen, lockt sie zu einer Partie Kümmelblättchen oder zu einem Nachtlager bei »Mutter Grün« in den nahen Friedrichshain, wo der Arme überfallen und beraubt wird. Nach einem solchen Vorfall sucht die Polizei den Täter fast immer unter den Gästen von Vater Nockentopf. Der Eintritt der »Polente« ist also hier nichts Ungewöhnliches und wird nur mit einem scheuen Seitenblick quittiert.

Nur dort rückwärts an dem kleinen Tisch zieht einer die Mütze aus dem Nacken über die Augenbrauen. Der Kommissarius aber hat ihn schon erkannt. »Grüß Gott, Medaillen-Willem!

Wie war's Sonnabend in Potsdam?«

»Ick war ja jar nich in Potsdam, Herr Klinghammer.«

»Ach, der Kaffer, den du begaunert hast, hat deine Photographie sehr genau erkannt. Mit wem warst du denn?«

»Ick war ja jar nich ...«

Aber der Kommissar wendet sich zum Tischnachbar des Medaillen-Willem: »Wer sind denn Sie?«

»Ick heeße Maier, Herr Kommissar.«

»Zeigen Sie mal Ihre Papiere.«

»Ick habe keene.«

»Wo wohnen Sie denn?«

»Ick mache platt.« (Bin obdachlos.)

Ein Wink, und zwei der Geheimpolizisten fordern die Freunde zum Mitgehen aufs Revier auf – ein Auftrag, dem widerspruchslos Folge geleistet wird. Der Kommissar raunt den beiden arretierenden Beamten noch zu, daß sie Punkt halb zehn Ecke Wilhelmstraße und Kochstraße wieder zu ihm zu stoßen haben.

Im Garten vor dem Siechenhaus, an dem wir nun in der Fröbelstraße vorbeikommen, sitzen Greise in Flanell. Dann sind wir vor dem städtischen Asyl für Obdachlose, einem roten Riesenbau, der mit seinem schönen Zierturm wie ein Rathaus aussieht. Radial streben von allen Seiten schmerzliche Gestalten dem Gebäude zu, ein Gries auf eiligen Krücken, ein Ächzender, der nach jedem Schritte erschöpft innehält, zwei Burschen, kragenlos, die Hände in den Taschen, zerrissen, exzellent gescheitelt und »Das haben die Mädchen so gerne« pfeifend, ein Vierziger im Schnapsdusel, der kichernd ein Selbstgespräch führt: »Du wirst man gucken. Ick komme jar nicht nach Hause ...« Ein ordentlich aussehender Bursche sucht aus seinen Taschen die Legitimationspapiere. Vor dem Asyltor verdichtet sich der Menschenkeil. Wir drängen mit, und so geschieht es, daß zwischen den Kommissar und mich einige Asylisten eingezwängt werden. Plötzlich höre ich neben mir eine entsetzte Flüsterstimme: »Ede, siehste Klinghammern? Mach'n wir fort.«

Mir tut es leid, daß die beiden Burschen neben mir ihr Obdach um unserer Expedition willen verlieren sollen, und ich beruhige sie: »Sie brauchen sich nicht zu fürchten, wir suchen einen andern.« Dann stelle ich mich zum Kommissar und spreche etwas Belangloses mit ihm, damit die zwei darauf meine Legitimation zu den Beruhigungsworten entnehmen können. Trotzdem schieben sie sich mit scheuem Blick möglichst weit aus unserer unheilvollen Nähe.

Im Versammlungslokal des Asyls, einem ungeheuren Saal (im Winter finden oft viertausend Personen im Asyl Obdach), schweift ein musternder Blick der Beamten längs der Wände, an denen, an die Leitungsrohe der Heizung gepreßt, die Bedauernswerten sitzen. Dann wird mir noch die Kartothek gezeigt, in der die Namen der Obdachsuchenden von der Polizei daraufhin kontrolliert werden, ob nicht gesuchte Verbrecher darunter sind.

Das nächste Ziel ist wieder ein gemeinnütziges Institut, das Volksspeisehaus in der Alten Schönhauser Straße, im Volksmund »Café Dalles« genannt. Dort werden täglich über tausend Tassen Kaffee, tausend Portionen Pellkartoffeln und zweitausend Suppenportionen, viele Hunderte von Butterschnitten zu fünf Pfennig verkauft. Die Volksspeisehäuser sind eine unendliche Wohltat für die Armen, aber sie werden auch oft als Operationsbasis für Verbrechen benützt, und manchmal, besonders in den Morgenstunden, wird die ganze Bude von der Polizei ausgehoben und zu Sicherstellungszwecken auf die Wachstube vorgeführt.

Dann: Auguststraße, Herberge mit Arbeitsnachweise »Zur Heimat«. Einen großen freundlichen Raum betreten wir zunächst, in dem an den Tischen die Pennergäste friedlich vor Suppennäpfen und Kaffeetassen sitzen. Nur ein Riesenkerl stellt sich frech vor den Kommissar hin und bläst ihm den Tabaksrauch ins Gesicht. »Wer sind Sie?« fragt ihn der Kommissar.

»Det jeht Sie jar nischt an«, bemerkt der Angeredete, der wohl imponieren will.

»Ich bin Kriminalkommissar. Kommen Sie mit mir hinaus.«

Der Hüne wendet sich verächtlich zu seinem Tisch, aber auf das energische Zureden eines Asylbediensteten begibt er sich auf den Hof.

»Wie heißen Sie?« wiederholt der Dezernent des Patrouillenkorps.

Die mürrische Antwort: »Enke.«

»Zeigen Sie Ihre Papiere.«

»Ick habe keene.«

»Sehen Sie, da blasen Sie mir den Rauch ins Gesicht, wollen nicht Folge leisten und haben doch alle Ursache, lieber nicht auf sich aufmerksam zu machen.«

Mensch, quatschen Se doch man keen Kintoppdrama.«

»Sie frecher Kerl.«

»Wer ist een frecher ...« Er macht Miene, sich gegen den Kommissar zu wenden. Aber in dem Bruchteil einer Sekunde ist er von einem der Beamten, der sich auf ihn gestürzt hat, rückübergeworfen und beim Wurf auf den Bauch gedreht, im nächsten Bruchteil der Sekunde ist der Hüne wieder aufgesprungen, aber eine Eisenkette hält seine rechte Hand umklammert, daß der Überrumpelte stöhnt: »Lassen Se man los, das schmerzt.«

Ohne einen weiteren Befehl abzuwarten, führt der Beamte den Renitenten ab auf das Kommissariat. »Sie können dann nach Hause gehen«, ruft ihm der Kommissar nach.

Verkehrsposten der Schutzpolizei, 1924

Ein Asylbediensteter schiebt die Neugierigen, die erregt den Vorfall, ihren Genossen verurteilend, besprechen, wieder in den Saal.

Bei unserer Weiterfahrt wird mir der Jiu-Jitsu-Griff, den der Beamte gegen den Gewalttäter angewandt hat, und der rasant funktionierende Mechanismus der Eisenschließe erklärt. Dann kehren wir in einen Bouillonkeller ein, wo aber erst nach zwei Uhr nachts der große Verkehr beginnt. Hierauf in ein Ballokal, wo Damen der niedrigsten Schicht Berlins mit ihren Luden »Schieber« tanzen; der Kommissar macht mich unauffällig auf einen Burschen aufmerksam, der fröhlich mit paar gleichgesinnten Männern und Mädchen an einem Tische sitzt und sich durch die Invasion der Polizei in der angeregten Unterhaltung nicht stören läßt: Es ist ein Beamter der Kriminalpatrouille F. In der Kochstraße, Ecke Wilhelmstraße stoßen um halb zehn Uhr die beiden Beamten zu uns, die inzwischen den Medaillen-Willem und seinen Potsdamer Kompagnon am Revier abgeliefert haben. Dann werden noch drei Lokale besichtigt, die Sammelpunkte krankhaft veranlagter Männer sind: Ein sehr schäbiges Bierlokal, wo der Wirt in bayerischer Lodenweste in Hemdsärmeln die Honneurs macht; ein junger Mann singt mit Sopranstimme das Lied von »Puppchen, dem Augenstern«, einer trägt Frauenkleider und knickst vor den Eintretenden; an den Wänden hängen Athletenbilder. Eine hochelegante Bar in WW, die wir dann mit unserem Besuche beehren, besitzt geschminkte Kellner als »Barmädchen«, die glattrasierten Gäste tanzen miteinander.

In der Yorckstraße verabschiedet Kommissar Klinghammer seine Beamten. Diese stellen sich in Habt-acht-Stellung in einer Reihe auf und ziehen tief den Hut: »Gute Nacht, Herr Kommissar.«

(1913)

Der Mann mit dem blauen Band

Natürlich, das kommt davon, wenn sich unser Literaturhistoriker nur um Shakespeare kümmern, um Schiller, um Kleist und andere Trotte, die längst erledigt und abgetan sind, statt lieber ihren Blick der Gegenwart zuzuwenden! Was nützt es, wenn in den germanistischen Seminaren den Literaturbeflissenen die Gedanken und Stimmungen gelehrt werden, die Goethe bei der Abfassung des »Faust« beseelten? He, was nützt das? Wenn sie dann ins Leben hinauswollen, um es Goethen gleichzutun, dann stehen sie vor der Literatur wie der Ochs vor dem kubistisch bemalten Haustor. Man sollte sie lieber lehren, wie sie es anstellen sollen, um heute die Klassiker von morgen zu sein. Aber was kann man von den Gelehrten erwarten? Nun, der Vortrag, der zu halten wäre, sei auf Grund wissenschaftlicher Forschungen hier publiziert:

Meine Herren! (Wir sind im Germanistenkolleg, wo Damen bekanntlich nicht zugelassen sind.) Meine Herren! Es wäre ganz verfehlt zu glauben, daß sich die jungen Dichter von heute damit begnügen, sich durch Schlapphüte, wehende Krawatten, wallendes Haar und die übrigen Embleme, die wir schon zu Ende des achtzehnten Jahrhunderts während der Sturm- und Drangperiode zu beobachten Gelegenheit hatten, von den Philistern zu unterscheiden. Mitnichten! Einerseits die fortschreiende Entwicklung der Kultur, andererseits die sich mächtig geltend machende Entwicklung des Geisteslebens, dritterseits die allgemein fühlbare Verfeinerung des Geschmackes haben es mit sich gebracht, daß auch die Verachtung der Mode von der Mode nicht verschont geblieben ist. Aber natürlich lag den jungen Männern von heute und morgen nichts ferne, als sich der Männermode zu unterwerfen, id est jenen drakonischen Gesetzen, die seit altersher für das männliche Geschlecht reserviert waren. Im Gegenteil! Sie haben die trennenden Schranken der Geschlechter durchbrochen uns sich mit männlichem Mute die Frauenmode zu eigen gemacht, während sich hinwiederum die Frauen der Poetengilde durch Herrenhüte, kurgeschorenes Haar, Sweater und Herrenröcke der Männermode anbequemen, was jedoch nicht Thema der heutigen Vorlesung ist.

Berlin, und zwar der westliche Teil dieser Großstadt, der seit langen in allen Fragen vornehmen Geschmacks fürwahr mit mächtiger Hand die Führung an sich gerissen hat, gebührt der Ruhm, die Wiege dieser goldenen Ära der deutschen Literatur geworden zu sein. Und dennoch hat es selbst in dieser für alles Edle begeisterten Stadt nicht an Mißtrauen gefehlt, als die Pioniere der männlichen Frauenmode das Blachfeld betraten. Und es kann leider durchaus nicht als ausgeschlossen gelten, daß der Poet, der zum erstenmal in ein Literaturcafé im alten Westen mit einem neckischen blauen Bande im Haar kam, statt Bewunderung nur Hohn geerntet hätte, wenn man nicht von Freunden und Verehrern des Genies die achtungsgebietende Kunde vernommen hätte, er glaube, daß sein Band angewachsen sei. Nur durch die Kenntnis dieser wahrhaft dichterischen Einbildung wurde er vor Mißdeutungen geschützt, obwohl jeder von dem Dichter dessen großzügigen Grundsatz kannte, daß er niemals ein Zeile niederschreiben, geschweige denn jemals publizieren werde, weil solche Tätigkeit nichts anderes sei den eine »prostituierende Emanation der Subjektivität«. Einen solchen Genius hätte man auch ohne Kenntnis seines Wahnes von der untrennbaren Zugehörigkeit des Bandes zum Kopfe um seines Kopfschmuckes willen bewundern müssen, um so mehr, als es noch niemand Herrn Goethe verübelt hat, daß dieser einst »mit einem bemalten Bande« nahte, obwohl dieser Dichter sich bekanntlich durch die Niederschrift vieler Gedanken dem eben angezogenen Verbrechen einer prostituierenden Emanation der Subjektivität schuldig gemacht hatte.

Der nächste große Dichter, der den Geist der Zeit wahrhaft erfaßte, war jener, der mit Ohrringen behängt in der Literatur erschien. Er war schon ein unsterblicher Mann gewesen, denn er hatte im »Orthozentrich-hydrotherapeutischen Kabarett Moschus« ein Fragment aus seinem elfzeiligen Epos »Der hohle Zahn und seine feiste Stiefmutter« vorgelesen, und wir wissen auch, daß er seit Jahren mit enormem Fleiße an dem Titel für eine Novelle arbeitet. Dieser Mann scheute sich nicht, offen zu erklären, daß er mit seinen Ohrringen einen realen Zweck verbinde: Er sehe nicht ein, warum dieser herrliche und gesunde Schmuck des Ohres nur den Frauen reserviert bleiben solle. Leider vermochte er es nicht, durch Ausdauer die staunenden Philister an den Anblick von männlichen Ohrringen zu gewöhnen, denn schon am nächsten Tage trug Heloise Lanormand – so heißt bekanntlich Fräulein Johanna Kubinke in den Kreisen der Berliner Bohème – die Ohrringe in ihren Ohren, was natürlich ihren Freund mit einigem Mißtrauen gegen sie erfüllte und gewiß nicht ganz ohne Einfluß auf die Tatsache war, daß er am Tage aus dem Kabarett »Moschus« austrat und die »Neohysterische Dichtergemeinschaft der freien Fischottern« gründete. So hatten die männlichen Ohrringe zu einer tiefgreifenden Spaltung in der deutschen Dichtkunst, aber auch zur Schaffung einer neuen, begrüßenswerten Literaturrichtung geführt.

Die nächste Errungenschaft auf dem Gebiet des modernen Skytentums war der Mann mit der Ponyfrisur. Man merke die tiefere Bedeutung dieser Haartracht, während die Talente von gestern nervös die Haare aus dem Gesicht streichen, wodurch die breite Denkerstirn (Gerhart Hauptmann, Richard Strauss usw.) noch stärker zur Geltung kam, versinnbildlichte der Pionier der Ponyfrisur das rein Sensitive der Modernen, die einer Krücke der Geistigkeit nicht mehr bedürfen. Das war wohl der Grund, weshalb er seine Haare in die Stirn kämmte und oberhalb des Zwickers in gerader Linie abschneiden ließ. Wenn er nicht die Beachtung fand, die er verdiente, so liegt das daran, daß man ihn des Plagiats beschuldigte – in Wien habe schon jemand durch die gleiche Behandlung seines Kraushaares endlich die heiß ersehnte Beachtung der Kaffeehauswelt errungen.

Das Neueste auf dem Gebiete der Dichtung ist das »Korallenkettlin«. Das ist ein etwa das gleichnamige Drama von Dülberg, und es wäre auch ein unvergleichlich ärgeres Verbrechen, wenn das Korallenkettlin, von dem hier die Rede ist, etwa samt seinem Träger konfisziert würde, wie es dem Dülbergschen Drama geschehen ist. Unser Korallenkettlin wird um den Hals getragen (selbstredend von einem Herren), auf der Brust in einen Knoten geschlungen und hebt die Persönlichkeit des jungen Mannes, der sich dem staunenden Kaffeehausphilistertum auf dem Kurfürstendamm allabendlich zeigt und den altmodischen Dichtern stolz dartut, daß sie mit dem sattsam bekannten Sänger kleinlaut die Verleihung einer solchen Ehrenkette ablehnen mußten: »… die Kette gib den Rittern, vor deren kühnem Angesicht der Feinde Lanzen splittern.«

Und vor unserem prophetischen Auge sehen wir nun die Zeit nicht mehr ferne, da die Männer der deutschen Dichtung in geschlitztem Frauenrock, das Pompadourtäschen in der Hand und einen flachen Hut mit Mairosengarnierung auf dem Haupte vor den staunenden Blicken des Philisters neue Gipfel des Parnasses erklimmen werden.

(1914)

Bacchanale gefällig?

Die polizeiliche Sperrstunde wird in Berlin sehr streng gehandhabt. Punkt ein Uhr werden alle die vielen Hunderte von Cafés, Bars, Tanzdielen, Likörstuben, Weinlokale und Destillationen (so heißt hier der »Ausschank«) unnachsichtlich geschlossen. Im Westen gibt es noch zwei bis drei Klubs, wo zumeist Schauspieler nach ihrem Bühnenabgang einkehren, ein Fläschchen Wein trinken und eine Partie Poker machen; aber sie müssen Mitglieder sein, ihr Mitgliedsbeitrag für den laufenden Monat wird auf ihrer Legitimationskarte quittiert und im Kassabuch des Vereines eingetragen. Im dunklen Osten nehmen zwei bis drei Wirte das Risiko auf sich, für drei Stunden (bis um vier die Marktcafés öffnen) die Straßenmädchen, deren berufsmäßigen Freunde und andere des Nachtschlafs entwöhnte Gesellen hinter geschlossenen Rouleaus und bei gedämpften Licht illegal zu beherbergen; aber auch diese Wirte lassen sich die »Hockersteuer«, das ist die für Gesellschaften, Vereinsveranstaltungen, Bälle usw. vorgeschriebene Steuer auf verspätetes Wachbleiben, bezahlen und quittieren sie ordnungsgemäß mit gedruckten Zetteln, damit sie im Falle des Erwischtwerdens nur wegen Übertretung der Sperrstunde, nicht aber auch wegen Steuerhinterziehung belangt werden können. Manchmal läßt auch ein Wirt eine Champagnergesellschaft im Hinterzimmer seines Weinlokales noch über die Zeit sitzen, aber das alles sind kleine Ausnahmen, und im großen ganzen muß man sagen, daß das Nachtleben um ein Uhr nachts zu Ende ist. Tausend von Leuten sehen sich um diese Stunde aufs Pflaster gesetzt und müssen nach Hause gehen, obwohl sie dazu gar keine Lust haben.

Hier setzt nun die Tätigkeit der wandernden Nachtlokale und ein neuer geheimer Beruf ein, der in Berlin heute schon weit mehr als tausend Angehörige zählt, der Beruf des Schleppers oder Spanners. Die Unternehmer der wandernden Nachtlokale bilden eine Gruppe, die sogenannte »Partie«, die von Zeit zu Zeit Privatwohnungen mieten, diese mit Sandwiches, Champagner, Kaviar, Wein und Schnäpsen beliefern, eine oder zwei Nackttänzerinnen, die Musikkapelle, aus einem Violinisten bestehen, einen Kellner und vor allem – die Schlepper engagieren. Denn diese Schlepper haben die Hauptarbeit zu verrichten und bekommen auch den Löwenanteil am Ergebnis dieser riesigen Wurzerei. Sie bekommen außer dem Fixum von fünfhundert Mark pro Nacht noch zehn Prozent von der Zeche jedes Gastes, den sie akquiriert haben. Sie können also an einem einzigen Gast mehr verdienen, als die Mieter der Wohnung für diese Nacht, das ist mindestens fünfzigtausend Mark, betragen hat. Aber es muß gesagt werden, daß ihr Beruf vor allem drei Eigenschaften erfordert: Ausdauer, Raffinement und Intelligenz. Die Ausdauer erprobt sich daran, wie sie an den Straßenkreuzungen, insbesondere in der Friedrichstraße, Motzstraße und Lutherstraße alle Passanten ansprechen, Hunderte in einer Nacht, alle Wagen anhalten oder wenigsten den Insassen zuschreien: »Elegantes Nachtlokal gefällig mit prachtvollen Nackttänzerinnen?« – »Bacchanale gefällig?« Ihr Raffinement hat sich hauptsächlich bei der Führung des Opfers zu bewähren – dieses darf nämlich nicht ahnen, wo es sich befindet, damit es die Polizei nicht nachträglich dorthin hetzen kann. Sie führen es daher auf verschiedenen Umwegen bis zu dem Lokal und lassen, wenn der Transport des Gastes im Autotaxi vollzogen wird, dieses lange vorher mitten auf einer anderen Straße halten. Vor der Polizei haben nämlich Unternehmer, Partie und Schlepper den größten Spundus und haben deshalb ein ganzes Signalsystem ausgebrütet, um das Eindringen der Streifung zu verhindern. Würden zum Beispiel Detektive einen Schlepper erwischen und mit vorgehaltenem Dienstrevolver zwingen, sie zu dem heutigen Tätigkeitsgebiet des wandernden Nachtklubs zu führen, so braucht der geschleppte Schlepper bloß diese Signale zu unterlassen, und die Polizei findet nichts mehr als eine leere Wohnung oder eine harmlose Gesellschaft von Freunden des Hausherren. Das Signal eines vor kurzem ausgehobenen Spielklubs im Westen war zum Beispiel ein grünrotes Batisttaschentuch der Hausfrau, das jeder Schlepper nach dem Klopfen in die Öffnung des Briefkastens zu werfen hatte; wurde geklopft oder geläutet, ohne daß das Taschentuch erschien, so wurde nicht bloß geöffnet, sondern es verschwanden auch die Spielkarten und das Roulette.

Die dritte und wichtigste Berufseigenschaft des Schleppers, die Intelligenz, hat sich zu bewähren, um harmlose Fremde oder Sonntagsbummler, ohne daß man seine Absicht merkt, dazu zu veranlassen, ein paar hunderttausend Mark zu opfern, um sich einmal königlich zu amüsieren, »wie im Harem oder wie im Paradies«. (Als ob jemals im Harem oder im Paradies eine alte Schachtel nackt zu den Klängen einer schlechten Violine herumgehopst, nachher im Bademantel einsammeln gegangen ist und die geschenkten fünfhundert Mark mit der sensationellen Enthüllung als zu gering ablehnt: »Verzeihen Sie, ich bin eine Künstlerin.«) Wie findet nun der intelligente Schlepper seine Gäste? Er muß vor ein Uhr nachts ein einem eleganten Lokal sitzen und mit irgendeiner ihm zahlungskräftig oder valutastark scheinenden Gesellschaft Anknüpfung finden. Wenn man dann zur Polizeistunde bedauernd auseinandergehen soll, hat er dann schmunzelnd anzudeuten, daß *er* noch nicht nach Hause gehen müsse, er wisse noch ein tadelloses Lokal ... Hier greift die Tätigkeit des Schleppers schon ein bisserl in die des Hochstaplers über, es gibt solche, die Französisch können und sich in den Stammlokalen der französischen Kolonie aufhalten, es gibt Russen, die Russen mitbringen, und es gibt bereits Schlepper aus allen möglichen Nationen und mit allen möglichen Sprachkenntnissen.

Aber der tschechoslowakische Zustrom nach Berlin ist jetzt so groß und die K so hoch, daß die Zahl der Schlepper bei weitem nicht ausreicht, die Landsleute zu den paradiesischen Genüssen mitbringen oder wenigstens das »Bacchanale gefällig?« in tschechischer Sprache ihnen zuflüstern könnten. Deshalb sind in der letzten Zeit verschiedene Unternehmerpartien der wandernden Nachtlokale mit lockenden Stellungsangeboten an mich herangetreten, denen auch die meisten sachlichen Angaben dieses Artikels zu verdanken sind. Vorläufig habe ich mir noch Bedenkzeit ausgebeten, aber die Zeiten sind lausig und wundert euch nicht, Freunde aus der Heimat, wenn ich einmal auf dem Nollendorfplatz nächtlings mit den Worten auf euch zutrete: »Je líbo bacchanale?«

(1922)

Die Einkäufe einer Berlinerin

Einstmals, wenn man in der Fremde war und es kamen Feiertage mit Urlaub, so fuhr man mit dem ersten Zug nach der letzten Arbeitsstunde nach Hause. Jetzt schaut man nicht mehr im Kursbuch nach, sondern im Kursblatt, und fährt nicht nach Hause, sondern dorthin, wo der Besitz an Geld an den größten valutarischen Wert hat. Am Heiligen Abend stand in Berlin die Tschechokrone auf zwei Mark neunzig, und man hatte demgemäß die Weihnachtsüberraschung, hier in Berlin auf Schritt und Tritt jenen sympathischen Typen unserer Landsleute zu

Blumenfrau am Leipziger Platz, um 1929

begegnen, um derentwillen wir seinerzeit fluchtartig Prag verlassen haben.

Unter anderen rutschte auf der schiefen Ebene der Valuta eine junge Operettendiva aus Prag nach Berlin, zu deren Ehre sich allerdings das eine sagen läßt: Sie hat sich nicht durch den Marksturz auf die Idee der Finanzoperationen bringen lassen, sondern hat schon in Prag Finanzen operiert. Also sie kam, um einzukaufen. Vorher wollte sie sich mit einer Freundin, die schon zwei Jahre hier in jeder Beziehung vorteilhaft engagiert ist, darüber beraten, wo die billigsten Einkaufsquellen seien. »Was kostet ein Dutzend Hemdhosen aus Crêpe, was kostet ein Bettvorleger aus Pantherfell, was kosten sechs Seidenpyjamas, zwei Dutzend Florstrümpfe, sechs Untertaillen aus Batist? – « Das waren so die Fragen nach den wichtigsten Bedarfsartikeln, mit denen sie die Berliner Freundin überfiel. Aber die Berliner Freundin, die doch viele Dutzend Hemdhosen aus Crêpe und Florstrümpfe und Seidenpyjamas und Untertaillen und einen Bettvorleger aus Pantherfell hat, konnte ihrer Prager Kollegin über die Preise nur eine so ungenaue Auskunft geben, daß dies – selbst wenn man die fortwährenden Preisschwankungen in Betracht ziehen mochte – mehr als auffallend war.

Und nun fragte die bedürftige Freundin nach den Einkaufsquellen. Wo sie sich schnell zwei Paar rote Boxkalfschuhe kaufen könne und wo drei Paar Wildlederschuhe und zwei Paar Brokatschuhen und allenfalls einen hübschen nicht zu teuren Hermelin. Aber die Berliner Freundin gab abermals sehr vage Antworten: »Auf der Tauentzienstraße gibt es sehr elegante Schuhläden ... In der Kleiststraße werde ich dir ein sehr feines Pelzgeschäft zeigen, momentan ist mir der Name entfallen ...« »Ja, aber um Gottes willen, wieso weißt du nicht einmal die Namen der Firmen? Wo kaufst du denn ein?«

»Mein liebes Kind«, versetzte die Berliner Freundin mit überlegenem Lächeln, »wenn ich einkaufen will, so fahre ich immer nach Wien.«

(1922)

Wie ich eine Frau suchte

Verhöhnet mich nicht, wenn ich euch sage, daß ich vom ersten Tage meines Berliner Aufenthaltes eine Frau suchte. Solange ich möbliert wohnte, kränkte es mich, wenn ich jeden geheizten Ofen, der mich während des Monats kalt gelassen hatte, am Ersten auf der Rechnung fand, wenn mir jede Streichhölzchenschachtel, jedes Bad und jede Büchse mit Schuhcreme böse angerechnet wurde. Als ich in die Pension zog, ärgerte es mich, daß immer die einzigen Speisen aufgetischt wurden, die ich nicht esse, daß das Beste schon von anderen verspeist war, wenn ich einmal zu spät zu Tische kam, und daß Gespräche geführt wurden, denen meine bescheidene Bildung keineswegs gewachsen war. Zu diesen Miseren rein wirtschaftlicher Natur kam noch, daß ich's nur gestehe, die Sehnsucht nach der Liebe, von der ich schon allerhand Lobendes in Roman und Zeitungsnachrichten gelesen hatte. So reifte in mir der Entschluß, mir mein eigenes Heim zu gründen, mich – oh, verhöhnet mich nicht - zu verehelichen.

Der Entschluß, mir eine Frau zu suchen, war mir wahrlich nicht leichtgefallen. Unvergleichlich schwerer wurde mir aber die Ausführung.

Nach manchen üblen Erfahrungen mußte ich wie Kolumbus beim Anblick des Landes empfinden, als ich in der Zeitung von der Errichtung des Heiratsautomaten las. Schöne Damen, von der gleichen Sehnsucht bewegt wie ich, blickten aus dem Schaufenster, Liebe heischend und Liebe verheißend, auf den Bewerber. Natürlich nicht in natura, aber in getreuen Photographien. Und jedes Konterfei wurde dadurch zum portrait parlé, daß darunter die Höhe der Mitgift und die übrigen Gemütseigenschaften der feilgebotenen Schaufensterdame verkündet wurden. So stand es schwarz auf weiß in der Zeitung. Man brauche nur zu wählen und dem Automatenbesitzer die Nummer der Dame zu nennen, und er führe sie dann bis hart an den Traualtar. Ich zog meinen allereleganten Anzug an, suchte von meinen Krawatten die schönste aus, ich träumte von der Liebe auf den ersten Blick ins Schaufenster, und mein Herz klopfte eine Furlana, als ich aus der Leipziger Straße in die Gefilde der Seligen einzog. Aber wehe, wehe! Der Laden stand leer, und aus dem Schaufenster, aus dem noch vor kurzem manch ermunternd photographierter Frauenmund dem Beschauer ein »Bediene dich selbst« zuzurufen schien, gähnte der Rachen einer öden Leere. Ich hoffte zwar noch, das Frau Hyman mit ihrer Verkaufsstelle bloß übersiedelt sei, aber ich mußte erfahren, daß die Polizei den Heiratsladen geschlossen habe. Ob sie die Vermittlung von Ehefrauen als unsittlich empfunden oder ob vielleicht eine der heiratslustigen Damen gegen die Schaustellung ihres Konterfeis Verwahrung eingelegt hatte – ich vermochte es nicht zu erfahren. Gebrochen eilte ich von dannen…

Als ich aber in die Friedrichstraße kam, erwachte ich zu neuem Leben. Einer von jenen Berliner Camelots, die auf der Antarktis des Rückens eine Tafel mit der Aufschrift »Hier ist die … Zeitung erhältlich« tragen, schrie mir eine andere Anpreisung ins Ohr: »Das Blatt der Heiratslustigen«. Wie Harfentöne der Erfüllung erklangen mir diese Worte. Zitternd opferte ich zwanzig Pfennig für das »Blatt der Heiratslustigen«, zitternd eilte ich mit der Zeitung nach Hause, die ja ein Inserat meiner Zukünftigen barg, und zitternd entfaltete ich sie (natürlich die Zeitung).

An der Spitze des Blattes fand ich eine fettgedruckte Bemerkung: »Da durch die Auswechslung der Chiffrebriefe in den Großstädten viel Ulk und Schwindel getrieben wird, öffne ich sämtlich Chiffrebriefe.« Nachdem ich mich gleichermaßen über die Rohheit der Großstädte und die Vorsicht des Herausgebers gefreut hatte, begann ich den Leitartikel zu lesen, der »Arturs Bekehrung« hieß. Was mir besonders darin auffiel, war die stilistische Meisterschaft, mit der der Autor (ein Dr. H.) alles Schleppende vermieden hat. Er wendet immer die direkte Rede an, und die handelnden Personen sprechen die knappen Sätze des gewöhnlichen Lebens, so wie ihnen der Schnabel gewachsen ist. Zum Beispiel sagt Artur vor seiner Bekehrung unter anderem in einem reinen, einfachen Satz: »... weil ich von der Ehe eine so hohe, edle Vorstellung habe, daß ich sie kaum irgendwie mit einem Geschäft in Verbindung zu bringen vermag und wenn es das solideste ist, obwohl ich auf Grund meiner ärztlichen Tätigkeit, die mich mit so vielem Niedrigen, Schmutzigen in Berührung bringt, deinen Ausführungen sympathisch gegenüberstehen muß, die schließlich danach angetan sind, mir meine Ideale zu erhalten.«

Nach dem Leitartikel kamen gleich die Inserate der heiratslustigen Damen und hernach die mich nicht mehr interessierenden Annoncen der Herren, meiner Leidensgenossen. Das erste Dameninserat, das mir gefiel, trug die Nummer 15704. Sehr gerne hätte ich mich um jenes »Fräulein: 23 J.; 1,60m groß; Vater Beamter, eig. Verm., Eltern auch wohlh.« beworben, wenn sich das Fräulein nicht seltsamerweise auf eine *passende Lebensgefährtin* kaprizieren würde. Vielleicht ist dies bloß ein Druckfehler – aber die Auswahl anderer Damen in meinem Blatte ist ja groß genug.

»Haushälterin, 1,75 Meter groß, 42 Jahre alt, 3 000 Mark bar und Aussteuer.« Herrgott, das wäre etwas für mich! Wie trefflich würden wir uns ergänzen! Ich bin weder Haushälter, kaum 1,50 groß, noch lange nicht 42 Jahre, und weder von 3 000 Mark noch von Aussteuer ist bei mir etwas zu finden. Aber die große Haushälterin mag mich nicht. Sie versteift sich auf einen Unterbeamten von der Post oder von der Bahn.

Eine andere Inserentin, Hausdame bei einem Major, verschweigt ihr Alter und ihre Größe und betont dafür, daß sie aus guter Familie sei. Aber sie legt Wert darauf, daß ihr künftiger Ehegemahl ein gebildeter Mensch sei. Da bin ich noch eher ein Haushälter.

An dem dreißig Jahre alten Fräulein, 1,55 groß, 30 000 Mark bar und Ausstattung, später mehr, störte mich bloß die Angabe, daß sie eine ausgezeichnete Klavierspielerin sei.

Zu der »schuldlos geschiedenen Frau, 38 J. a.«, lockte mich besonders die Angabe hin, daß sie eine Wohnungseinrichtung mit Renaissancemöbeln besitze. Aber sie will mich gewiß nicht, denn sie reflektiert auf ein sympathisches Äußeres, und ich weiß weder, ob mein Äußeres sympathisch ist, noch ob es zu Renaissancemöbeln paßt.

Auch die »junge häusl. Dame, 22 Jahre alt«, würde ich auf der Stelle heiraten, wenn ich wüßte, wie ich die Abkürzung verstehen soll: »1/2 Mill. Mitgift; 1 Mll. später«. Eine halbe Mille wäre etwas zuwenig, eine halbe Million und noch eine Million etwas zuviel für mich bezahlt.

So sollte sich meiner Wahl immer ein Hindernis entgegensetzen. Die eine will partout einen Kellner, die jung geschiedene Frau in seltsamer Logik »einen älteren Herren, der viel gelitten«, eine dritte gefällt mir nicht, weil sie sich als außerordentlich sportliebend preist, bei einer vierten deckt sich ihr Beruf – sie ist Fleischbeschauerin – nicht mit meiner idealen Veranlagung, und bei einer fünften scheint es mir auffallend, daß sie trotz Jugend, hübscher Erscheinung, großer Mitgift und schöner Aussteuer von ihrem Zukünftigen nichts weiter verlangt, als daß er sehr *vorurteilsfrei* sei. So fand ich unter den vielen Annoncen nicht eine einzige, die mir gepaßt hätte. Das Blatt entsank meiner Hand, Glaube, Liebe und Hoffnung meinem Herzen.

Die letzte Möglichkeit, die ich ergriff, war ein Besuch bei einer Heiratsvermittlerin in der Gipsstraße. Die alte Dame gefiel mir zwar anfangs gar nicht, aber später leistete ich ihr Abbitte: Trotzdem sie schon unzählige Partien in Millionärs- und Aristokratenkreisen zusammengebracht hat (was sie mir selbst anvertraut hat), ist sie doch nicht hochmütig geworden und hat weiter im dritten Stock eines Hauses in der Gipsstraße eine einfache Wohnung inne, die bloß aus einer Küche und einem Zimmer besteht und in der weder auf Luxus noch auf Reinlichkeit übertrieben Wert gelegt wird. Die gütige Frau notierte meine Personalien auf und versprach felsenfest, mir eine junge, schöne, reiche und nette Gattin zu finden. Freudig und dankerfüllt gab ich ihr die zehn Mark, die sie für Überprüfung meiner Angaben und Vorspesen verlangte, aber mir nach Erhalt der Mitgiftprovision wieder zurückstellen wird. Die brave Frau gibt sich gewiß mit der Auswahl meiner Zukünftigen die denkbar größte Mühe, denn trotzdem seit jenem Besuche schon ein Monat verstrichen ist, habe ich noch nichts von ihr gehört. Gut Ding will Weile haben!

(1914)

Aus dem Notizbuch

Schönheitskonkurrenz: Die Schönen werden für etwas belohnt und mit einem Preis ausgezeichnet, was an und für sich bereits ein Preis ist, den sie noch dazu nur durch Zufall besitzen, und werden also durch diesen Zufallsbesitz doppelt ausgezeichnet. Denen, welchen die Natur die Schönheit nicht in so hohem Maße zuteil werden ließ, wird ihr Mangel durch den Spruch der Preisrichter noch mehr vor Augen geführt und sie noch überdies mit Neid erfüllt. Denn die Ausflucht der »Vernünftigen«, äußere Schönheit mache noch nicht den Menschen aus, steht doch bei allen im Gegensatze zu deren (vielleicht nur geheimem) Wunsche nach schönen Geliebten und dem geheimen Wunsche, erhaben schön zu sein und durch Schönheit überall zu siegen. Und was ist begreiflicher als Streben nach Schönheit? Gibt es etwa Liebe ohne Schönheit? (Allerdings kann diese Schönheit – Liebe ist blind – subjektiv, ja sogar sehr subjektiv sein.)

(1905)

Das Haus der veränderten Nasen

Im Hause Bülowstraße 22 in Berlin wohnen jetzt – da sich die tschechoslowakische Krone hoch über die Mark emporgeschwungen hat – zumeist Prager. Aber das wissen nur die, die dort wohnen, und die werden es nicht verraten. Und sollte jemand zu Besuch kommen, er würde seine Landsleute nicht erkennen: Sie sind entweder vermummt oder haben sich sehr verändert.

Es ist ein ganz neues, sehr großes Haus, versteckt hinter einem vierstöckigen Mietshaus. Unauffällig hängt am Eingang eine kleine Tafel, die ebenso unauffällig besagt: Sanatorium Bülowstraße 22. Es handelt sich um das Palais einer schmerzhaften Eitelkeit, um die Privatklinik von »Nasenjoseph«, von Professor Dr. Jacques Joseph, dem Chirurgen der Nasen-, Ohren- und der übrigen Gesichtsplastik... Leute, die hier im Sprechzimmer sitzen und plaudern, wissen nicht, wie sie aussehen. Wenn sie sich im Warteraum des Professors vor drei Tagen auch noch forschend gemustert haben, niemand weiß heute, wie der andere aussieht. Sogar von sich selbst weiß das keiner. Denn noch keiner sah seine Nase. Jeder hat ein großes gelbes Kreuz aus Leukoplast im Gesicht von der Stirn bis zur Oberlippe und von der rechten Schläfe bis zu linken, und seine Augen sind verschwunden. Alle sehen sie abscheulich aus, noch abscheulicher als vordem. Aber morgen oder übermorgen werden sie schön sein, so schön wie noch nie. Sie haben die Operation hinter sich.

Vor drei Tagen empfing Herr Professor Joseph in seinem Ordinationszimmer am Kurfürstendamm die an Eitelkeit krankenden Menschen. Jeden fragte er, was er sei, ob er reich sei und aus welchem Valutabezirk er komme, und dann, erst dann fragte er ihn nach seiner Wesensart. Der Herr Professor muß zuerst wissen, wie reich einer ist, danach läßt er sich die Operation bezahlen (eine Fabrikantin aus Prag zahlte gestern 15 000 Kč dafür), und er muß die Wesensart kennen, denn danach stellt er die Nase her. »Wünschen Sie eine kecke Nase oder eine intelligente, eine kokette oder eine energisch?« Jeder kann sich bestellen, welche Nase er haben will. Der Herr Professor reicht ihm ein Album mit Hunderten von Photographien ehemaliger Patienten, vor der Operation und danach. Sie blättern im Album und wählen ein Näschen, das Sie haben möchten. »Gut«, sagt der Herr Professor und packt Sie an der Nase. Er verdeckt sie mit der Hand und den Fingern und zeigt Ihnen, wie Sie später aussehen werden. »Kommen Sie morgen früh um zehn Uhr in meine Privatklinik Bülowstraße 22.«

Tags darauf werden Sie im Operationssaal erst einmal gründlich ausgeschneuzt und gewaschen, sie bekommen eine Lokalbetäubung oder, falls nötig, auch eine Morphiumspritze. Mit Scheren, kleinen Sägen und Feilen dringt der Herr Professor in Ihre Nase ein, schneidet Ihnen den Nasenknochen durch, verleibt der Nase – falls Sie eine zu kleine hatten und eine größere wünschen – ein Plättchen aus Elfenbein ein, pflanzt in solchem Falle oft auch ein Stück Haut von der Schulter ins Gesicht über oder – was häufiger vorkommt – amputiert ein Stückchen Knochen, Fleisch oder Knorpel, modelliert ein wenig, prüft sein Werk auf dunklem Hintergrund und macht Ihnen über alles das Kreuz aus Leukoplast.

Der Patient geht in sein Zimmer, liegt einige Tage im Bett, seine Augen sind geschwollen, er kann sich nicht ausschneuzen, atmet schlecht und zahlt täglich 1 000 Mark. Aber das ist heute bestimmt nicht viel. Cyrano de Bergerac hätte einfach mit ein paar Francs bezahlt, und nach einer Woche wäre er vom Leukoplast und dem schrecklichen Unflat in der Nase befreit gewesen, Roxana wäre ihm um den Hals gefallen, und er hätte sich so seine ganze Tragödie ersparen können. Alle Leute, die das Sanatorium in der Bülowstraße füllen, sind so gescheit. Ein Herr aus Südböhmen ist jetzt dort; er hatte eine breite, sattelförmige Nase und sah aus wie ein Dorftölpel. Da er aber jetzt große Güter besitzt, ließ er sich eine herrische Nase modellieren, und niemand wird ihn mehr als einen dummen Bauern ansehen. Mein Mitschüler, hinter dem schon während unserer Schulzeit Kinder auf der Straße herliefen mit dem freundliche Geschrei »Hakennase, Hakennase«, hofft, daß er durch die Operation zum dem wird, wozu ihn weder die Wandelbarkeit seiner Grundsätze noch die späte Taufe, noch die Namensänderung gemacht hat: zum Advokaten in Eger. Meine Freundin Fanka, genannt »Diabolo« (wissen Sie, die, der es in die Nase regnete), bekommt nun eine französische Nase, die ihr der Herr Export bezahlt und die sie zur internationalen Grande Cocotte im Eden von Vršovice machen wird. Der Bankbeamte Polenta, der gerade vor einem Jahr wegen Unterschlagung zu schwerem Kerker verurteilt wurde, verspricht sich von der Operation einen noch größeren Erfolg: Er läßt sich eine große Hakennase machen, wird von nun an Porges heißen und wird so – Gleicher unter Gleichen – irgendwo unter Börsenjobbern auftreten. Bereits morgen wird ihm in der Bülowstraße das Leukoplast abgelöst.

(1922)

Wat koofe ick mir for een Groschen?

In der Volksspeisehalle in der Schönhauser Allee trank ich eine Tasse Kaffee um zehn Pfennig und aß dazu einen Napfkuchen um den gleichen Preis. Drüben an der Wand, mit Kreide auf ein schwarzes Brett geschrieben, war die Speisekarte; aus ihr ersah ich, daß man für eine Tasse Milch, Kakao, Kaffee, Apfelwein oder Brühe, für eine Flasche Selterswasser, für zwei Zehntel Malz- oder Lagerbier, für eine mit Butter oder Schmalz gestrichene Stulle, für vier gewöhnliche Schrippen, für einen Blech- oder einen Napfkuchen nicht mehr und nicht weniger als zehn Pfennig zu zahlen hat. Noch reicher sehen die Genüsse aus, die sich einer vergönnen kann, der über zwei Groschen verfügt; eine Schale Weißbier, eine Pulle Brauselimonade, eine belegte Stulle, einen sauren Hering, einen marinierten Fisch, eine Portion Kartoffelsalat, ein Paar Würstchen oder ein Stück Wurst.

Um zu erfahren, ob man auch andere als alimentäre Werte um zehn Pfennig erwerben könne, rief ich eines der spielenden Gören zu mir, gab ihm einen Groschen und wollte ... der Kleine war schon mit der Schnelligkeit eines Rodelschlittens davongerast, bevor ich ihn etwas fragen konnte. Ich sprach einen anderen Jungen an und stellte ihm, das Geldstück in der Hand behaltend, die Gewissensfrage: »Was tust du mit diesen zehn Pfennig, wenn ich sie dir gebe?« – Der Knirps machte eine abwehrende Geste. »Nee, so doof bin ich nich – dann jehm Se mir den Jroschen doch nicht!« – Ich gab mein Ehrenwort. – »Ick jehe in Kintopp.« – Auf meinen Wunsch hin zeigte er mir sogleich das Kino, wo der Eintritt zehn Pfennig kostet, der teuerste Platz fünfzig Pfennig. Mein kleiner Führer verschwand mit dem Groschen in der Eingangstüre, auf der eine große Tafel besagte: Jugendlichen unter sechzehn Jahren ist der Eintritt verboten!

Ein kleines Mädchen, das ich fragte, machte mir die Mitteilung, daß sie für meinen Groschen – auch ins Kino gehen wolle. Da mir die statistische Feststellung, wieviel Kinder Berlins eine Münze zum Besuch des Films anlegen würden, doch etwas zu kostspielig schien, stellte ich den Versuch ein, mir auf dem Wege einer Umfrage das Material zur Verwendungsmöglichkeit von zehn Pfennig zu verschaffen.

Ich war in einer Gegend, in der der Geschäftsbetrieb viel mehr von den Finanzverhältnissen des Käufers abhängig ist als von dessen Bedarf. Diesem Umstande ist durch die Preisangabe in den mit tausenderlei Dingen vollgepfropften Schaufenstern Rechnung getragen. In den Papierwarenhandlungen sind keine Schreibstifte, Stahlfedern, Bleistifte oder dergleichen ausgestellt. Luxusdinge des täglichen Gebrauchs werden angepriesen: die entzückenden Künstlerkarten, welche keifende Schwiegermütter, wimmernde Pantoffelhelden und zahnlose alte Jungfern zeigen, kosten nur

Alte Frau sammelt Gemüseabfälle, 1923

zehn Pfennig; der anonyme Absender braucht nur – mit verstellter Handschrift – die Adresse daraufzuschreiben … Um den gleichen Preis ist auch die hundertsechzehnte Lieferung des für unsere Jugend bestimmten Werkes »Huronen und Delawaren oder Das Zweite Gesicht oder Die Verfolgung rund um die Erde« zu haben, unter dessen vierfarbigem Titelbild die edlen Worte stehen: »Als Wilhelm Mut aus dem Blockhause heraustrat, sah er zehn Indianer in feindseliger Haltung vor sich stehen.« Für zehn Pfennig habe ich das Heft einer Pfadfinder-Bücherei erstanden, verlockt durch die bunte Umschlagzeichnung, deren Text lautet: »Durch das Krachen des Donners, das Brüllen der Wogen, das Heulen des Sturmes tönte Horst Krafts gellender Ruf: Pfadfinder, zu mir! Wir werden zusammen sterben, wenn wir sterben müssen!« Dieses Büchlein habe ich gelesen und kann sagen: Wenn Büchern wirklich ein erzieherischer Wert zukommt, dann ist dieses Werk vortrefflich geeignet, Knaben zu Idioten zu erziehen.

Auf billige Art können sich Mädchen der Peripherie mit aller raffinierten Eleganz umgeben: eine Madeira-Hemdpasse, eine Büchse mit wohlriechenden Cachous, eine Phiole !!! Allerfeinstes Pariser Ideal-Parfüm !!! (die sechs Ausrufezeichen sind Original) und ein Gummiabsatz kosten je einen Groschen. Schwerer ist es, ein Gentleman zu sein. Zwar kosten ein Stehkragen, drei Hemdknöpfe oder einmal Schnurrbartstutzen denselben Betrag, aber schon für ein Paar Manschetten, ein Stück Prima Mandelseife mit zwei Ausrufungszeichen, eine Nagelfeile, eine Pomadenstange oder einmal Rasieren muß man die doppelte Taxe entrichten, für Haarschneiden und Bartausziehen sogar fünfundzwanzig, Kräuseln der Haare dreißig Pfennig.

Die Lust zum Heiraten wird gewiß dadurch wachgerufen oder wenigstens verstärkt werden, daß man um zehn Pfennig einen vergoldeten Ehering beziehen kann, eine Säuglingsklapper von der gleichen Wohlfeilheit, zwei Zinnsoldaten oder ein Schilderhäuschen. Mit einer großen Autohupe für Kinder oder fünf Knallerbsen kann man Krach machen, der mit einem Groschen gewiß nicht überbezahlt ist. Weiter: ein (etwas verbogener) Alpakalöffel, der Band einer verschrotteten Leihbibliothek »nach Eugen Sue bearbeitet von Wilhelm Eichkogel«, eine garantiert echte Haarlemer Hyazinthenzwiebel, ein achtel Pfund Kieler Sprotten, ein Stück Bruchschokolade, ein Umschlag mit Puderpapier, zwei Harzer Käse, Vanilleplätzchen und ein Kartoffelpuffer, alles bloß für zehn Pfennig.

Im Bagno-Museum auf dem Rummelplatz Ecke Lietzmannstraße–Neue Königstraße ist sogar ein Lustmord für einen Groschen zu sehen. In die Geldstücköffnung des Automaten wirft man zwei Sechser ein und dreht die Kurbel. Erstes Bild: Eine schlafende Dame. – Zweites Bild: Ein Mörder nähert sich mit gezücktem Messer. (Mörder nähern sich nämlich immer mit gezücktem Messer.) – Drittes Bild: Der Mörder nähert sich noch näher mit noch gezückterem Messer. – Viertes Bild: Der Mörder sticht der entsetzt erwachenden Dame das gezückte Messer in das Herz. – Fünftes Bild: Die Dame liegt tot neben zwei roten Tintenklecksen auf dem Boden, und der Mörder entfernt sich mit gezücktem, blutigrotem Messer. (Mörder entfernen sich nämlich immer mit gezücktem, blutigrotem Messer.)

Das alles koofe ick mir for een Groschen.

(1913)

Weihnachtsfreude

Die Hausfrau schickt das Dienstmädchen einholen: »Kaufen Sie einen Weihnachtsbaum um fünfundsiebzig Mark und besorgen Sie den Christbaumschmuck im Kaufhaus.« Jawollja. Das Mädchen kauft den Weihnachtsbaum; ein Zettel hängt daran: 1,45 hoch, 23 Zweige; Preis 75 Mark. Der Straßenhändler auf dem Kurfürstendamm bekommt das Geld und händigt das Bäumchen einem seiner Botenjungen ein. »Einsfünfundvierzig ist er hoch, dreiundzwanzig Zweige«, wiederholt das Mädchen zum Verkäufer in der Christbaumschmuck-Abteilung des Warenhauses. »Einsfünfundvierzig und dreiundzwanzig? Da brauchense vierzehn Glühlämpchen. Wo wohnen Sie? Charlottenburg? Also Dreier-Stechkontakt. Wird morjen früh anmontiert. Und drei Dutzend Goldnüsse, dreiundzwanzig Äpfel, sieben Glaskugeln, eine Schachtel Schneeflocken und zwanzig Meter Lametta. Als Gipfelschmuck kommt ein Goldstern Nr. 3, fünfzehn Zentimeter, oder wenn Sie einen Weihnachtsengel Nr. 3 verlangen, können Sie auch haben.« Dann sucht der Verkäufer ein Weihnachtsbaum-Postament (DRP 722411) heraus, in das das Tannenbäumchen eingeschraubt und dann auf dem Tisch befestigt wird. »Auch Grammophonplatten gefällig?« – »Stille Nacht, heilige Nacht« und »Christ ist erstanden.« Jawollja. »Kostet – mit Fertigstellung im Hause – zweihundertfünfzig Mark.«

Das alles wird früh ins Haus gebracht, wo schon der Bote des Straßenhändlers das Christbäumchen abgeliefert hat, und der Monteur des Warenhauses befestigt das Postament, montiert die vierzehn kleinen Glühbirnen ein, schlingt die zwanzig Meter Silberlametta um die Zweige, steckt den Weihnachtsengel Nr. 3 auf die Spitze, hängt die drei Dutzend goldbemalten Nüsse auf und die dreiundzwanzig Äpfel und die sieben Glaskugeln, streut die

Schachtel »Schneeflocken« aus Watte über das Bäumchen und geht von dannen. Der Familie bleibt nichts weiter zu tun übrig, als am Heiligen Abend das elektrische Licht aufzudrehen, das Grammophon loszulassen und sich um Mk. 325,- zu freuen.

Eine Überraschung ist höchstens der Bläserchor eines frommen Vereins. Der zeiht am Weihnachtsabend durch die Straßen mit Jagdhörnern und Posaunen und zwei Pauken, zehn Mann stark, faßt auf den großen Plätzen Posto und spielt »Stille Nacht, heilige Nacht«. Jawolljа. Mit Pauken und Trompeten. Es ist schon spät, und erschreckt fährt man aus dem Schlaf empor. Was ist geschehen? Ach, richtig! »Stille Nacht, heilige Nacht.«

(1922)

Geheimkabinett des Anatomischen Museums

Das Schönste von Berlin ist die Linden-Passage.
Das Schönste von der Linden-Passage
ist das Passagepanopticum.
Das Schönste vom Passagepanopticum
ist das Anatomische Museum.
Das Schönste vom Anatomischen Museum
ist das Extrakabinett.
Das Schönste vom Extrakabinett ist – pst!

Zur Führung des Beweises für die Richtigkeit oben angeschlagener viereinhalb Thesen sei vorerst die Tatsache hingeschrieben, daß es nirgends in Berlin solchen Mangel an Hast gibt wie in der Passage, solche Losgelöstheit vom Materialistischen wie in der subkutanen Verbindung zwischen der utilitaristischen Friedrichstraße und den repräsentativen Linden. Die Straße mag dem Verkehr dienen, die Passage gewiß nicht. (Wenigstens nicht dem Verkehr im allgemeinen.) Hier ist noch geradezu ein Abendkorso. Hier lustwandelt, ja lustwandelt man zwischen Jahrmarktsromantik und warmer Liebe; die Bücherläden stellen keine Lehrbücher zum Verständnis des Kurszettels und keine Wälzer über die Kriegsursachen aus; sondern »Das Liebesleben des Urnings«, »Als ich Männerkleider trug«, »Die Renaissance des Eros Uranos«, »Die Grausamkeit mit besonderer Bezugnahme auf sexuelle Faktoren«, »Das Recht des dritten Geschlechts«, »Gynäkomastie, Feminismus und Hermaphroditismus«; das Schaufenster der Bilderhandlung ist frei von Liebermann, Pechstein oder Brangwyn-Graphik, aber auch von Linoleumschnitten frei, wir sehen badende Knaben auf den Felsen der Blauen Grotte und ein blondes unschuldvolles Mädchen, bloß mit Gretchenfrisur bekleidet; auch ein Panorama ist da – die fossile Zwischenstufe zwischen Daguerreotypie und Kintopp – mit allwöchentlich wechselndem Programm, ein chiromatischer Automat ruft mit großer Aufschrift, Konfitürengeschäfte, Spezialgummiwaren, Botenjungengesellschaft, zwei Schnellphotographen, Automatenbüfett, eine Duftei halten ihre Ladentüren offen.

Das Passagepanopticum ist das einzige, das uns seit Castans Ende noch geblieben ist. Mit herrlichen Genregruppen aus Wachs, »Das Duell«, »Ein verliebter Schornsteinfeger«, »Heimgezahlt«, »Ein verpatzter Hochzeitsfrack«, »Aller Anfang ist schwer« (besonders beim Parademarsch! Hochaktuell!!), »Barbarossa im Kyffhäuser«, »Am Tor des Findelhauses«, »Berlin bei Nacht oder Der Jüngling im Séparée«, der Fürstensaal und die Akademie der Berühmtheiten, Märchensaal und humoristischer Vexierspiegel, sehr humoristisch, und die berühmte »Verbrechergeschichte von der Tat zum Schafott in acht Bildergruppen«, wovon besonders Nummer hundertfünf (Einbruch in die Totenkammer und Leichenraub) ziemlich bezaubernd ist.

Dabei ist all das – was mit Nachdruck bemerkt sei – keineswegs belehrend, sondern eher – was mit Lob bemerkt sein – irreführend, ebenso wie man die Darbietungen der Automaten im Vestibül, »Geheimnisse des Schlafzimmers«, »Das Astloch im Zaun des Damenbades«, »Heirat auf Probe«, nicht etwas für aufschlußreich halten darf. Junge Freunde, die ihr vor den Gucklöchern mit gezücktem Fünfzigpfennigstück Polonäse steht, glaubt mir erfahrenem Greise, es ist unwahr, daß in einem Schlafzimmer fünf miese und (zum Glück) sehr bekleidete Weiber der achtziger Jahre in den Posen eines Cancans zu erstarren pflegen! Der Automat »Die Brautnacht« funktioniert übrigens nicht, trotzdem nichts anzeigt, daß er außer Betrieb ist, seid also gewarnt, Mädchen!

Kommt, vertieft euch vielmehr in die Betrachtung der zwar arg verblaßten, aber dafür wirklichen, wahren und naturgetreuen Photographien oben an der rechten Wand: Dort hängt unter Glas und Rahmen die Porträtgalerie jener Berühmtheiten, zu denen vielleicht unsere Eltern pilgerten und sicherlich am Sonntag deren Dienstmädchen, die Ruhmeshalle jener Abnormitäten, die mit großen Plakaten und lauten Ausrufern durch die Welt zogen, um sich bestaunen zu lassen. Nichts ist von ihnen mehr erhalten als höchstens ein Präparat in irgendeiner pathologisch-anatomischen Klinik – und diese vergilbte Walhall im Vestibül des Passagepanopticums. Grüßet sie ehrerbietig! Lionel, der Löwenmensch, der Liebling der Frauen und Jungfrauen – so siehst du aus! –, ist da, Hunyady János, der Mann mit dem Vogelkopf, ist auch da, das Riesenkind Elisabeth Liska aus Rußland, elf Jahre alt, zwei Meter zehn hoch, die hinten zusammengewachsenen Schwestern Božena und Milada Blažek,

Miß Crassé, das Tigermädchen, die riesige Tiroler Mariedl beim Melken der Lieblingskuh, Riesenbackfisch Dora, La belle Annita, die tätowierteste Schönheit, Prinzessin Kolibri, die kleinste Dame der Welt, Pirjakoff, der größte Mensch, der je gelebt hat, Machnow, der größte Mensch, der je gelebt hat, Hassan Ben Ali, der größte Mensch, der je gelebt hat, Mr. Masso, der Kettensprenger, Haarathlet Simson, Hungerkünstler Papus und Hungerkünstler Succi, Mr. Tabor, der Muskelmensch mit dem dreifach gedrehten Arm, die behaarte Miß Pastrana, der lange Josef, der größte Soldat der preußischen Armee, mit Toni Marti, dem schwersten Knaben der Welt, die Schwestern Willfried, die stärksten Kinder der Welt, anderthalb und zweieinviertel Jahre alt, November 1902. Ach, niemand besieht das Pantheon dieser Größen von einst, deren Leben es war, umherzufahren in der Welt, sich schauzustellen vor einem Zehnpfennigpublikum im matten Vormittagslicht eines Kirchweihzeltes oder eines Gasthauszimmers oder im allzu grellen Schein der abendlichen Zirkusmanege.

Ausgebeutet wiesen sie auf ihren monströsen Geburtsfehler erklärten ihn mit papierenem, eingelerntem Text. Oder waren sie stolz auf ihn? Wir wissen nichts mehr von ihnen, als daß sie auch im Passagepanopticum in Berlin gastierten. Hier blieb ihr Bild bestehen, doch verblaßt es von Jahr zu Jahr.

Viel besichtigter ist drüben, am anderen Ufer der Passage im Halbstock, das Anatonische Museum. Auch hier locken schon unten Puppen die Pupen und die Nutten an jene, die es werden werden. Ein wächserner Virchow, vor einem Totenschädel dozierend, ist stummer Ausrufer, im Vereine mit einem Mädchen, das auch die inneren Geheimnisse preisgibt, weil sogar die Bauchhöhle aufgedeckt ist; eine Reklametafel zeigt die Wirkungen des Miedertragens und ruft: »Erkenne dich selbst – so

Nachtleben; um 1929

schützest du dich.« Es kostet zwölf Mark fünfzig, sich selbst zu erkennen, wovon zwei Papiermark auf die Vergnügungssteuer entfallen; das Extrakabinett, »nur für Erwachsene«, erfordert kein Sonderentree. Ein Vorhang teilt dieses Allerheiligste der Passage vom profanen Teil des anatomischen Museums und ist Besuchern unter achtzehn Jahren nicht zugänglich. Eine Tafel, von Viertelstunde zu Viertelstunde umgedreht kündet: »Jetzt nur für Damen«, beziehungsweise »Jetzt nur für Herren«. Das eben ausgesperrte Geschlecht hat inzwischen in den ungeheimen Räumen umherzulungern, sich die plastischen Darstellungen des Verdauungsprozesses, der Hämorrhoiden, der Cholerawirkung, eine Zungenkrebsoperation, der Verheerungen des Branntweins in den Eingeweiden und dergleichen anzusehen und im Automaten die Gebärmutteroperation. Dann aber, dann dürfen die erwachsenen Herren beziehungsweise die erwachsenen Damen – achtzehn Jahre ist man hier gewöhnlich mit vierzehn Jahren – in das Sanktuarium eintreten, wo die Chromoplastiken in natürlicher Größe all das zeigen, was man im Konversationslexikon nur schwer zu begreifen vermochte und worüber das Leben bloß fallweise aufklärt.

Es ist alles echt oder lebenswahr, leibhaftige Fötusse, die Entwicklung des Menschen von der Befruchtung bis zur Normal-, Steiß- oder Zangengeburt, Perforation oder Kaiserschnitt; Organe und so weiter – alles bis aufs Haar genau und im Katalog noch genauer erklärt. Mit Recht ist in der Rubrik »Weibliche Geschlechtskrankheiten« als erstes Schauobjekt das Hymen oder Jungfernhäutchen angeführt, denn von allen besagten Krankheiten ist diese am raschesten heilbar. Sie ist selten, und man bestaunt das Objekt sehr. Allzulange aber nicht, denn nur ein Viertelstündchen darfst zu weilen, draußen scharrt schon das andere Geschlecht.

Die Linden-Passage hat ihr unverrückbares Stammpublikum, keine Straße besitzt so viele Freunde und so geschlossenen Verehrerkreis. Und von denen, die der Passage Freunde sind, lieben einige das Panopticum heiß und treu; unter diesen sind Fanatiker des Anatomischen Museums und von diesen wiederum manche unbedingte Hörige der Geheimkammer, gebannt von irgendeiner Vitrine. Die ist demnach das Liebste der Auserlesenen – das Schönste also von Berlin

Was nämlich zu beweisen war.

(1925)

Die Prager an der Ostsee

In letzter Zeit war es in Berlin nicht mehr auszuhalten. Frühmorgens stürzte das Dienstmädchen zu mir ins Schlafzimmer, noch verschlafen, aber schon aufgebracht, und weckte mich: »Sie sollen zum Telefon kommen. Es sucht Sie schon wieder ein Frauenzimmer aus Prag.« Weiß Gott, woher die Leute meine Adresse und meine Telefonnummer wissen. Völlig Unbekannte schrieben mir: »Ich kenne Sie aus dem Café Passage, allerdings nicht persönlich. Es würde mich aber freuen, Sie kennenzulernen. Ich komme mit meiner Frau Samstag um elf Uhr fünfzehn aus Prag nach Berlin. Seien Sie, bitte, am Bahnhof. Sollten Sie zufälligerweise nicht kommen können, so erwarten Sie uns bitte am Sonntag um neun Uhr vor dem Hotel Zentral.« Aber ich erhielt noch bessere Briefe: »Wir kennen uns zwar nicht persönlich, aber wir sind gemeinsame Freunde des Herrn Jirkovský, der mir Ihre Adresse gab. Ich komme wahrscheinlich nächste Woche nach Berlin, wo ich mich ein paar Tage aufhalten, verschiedenes einkaufen und den Kindern Berlin zeigen will. Ich hoffe, daß Sie mir ein wenig zur Hand gehen werden. Wir werden Sie nicht allzusehr belästigen, mein Schwager, der uns begleitet, war k. u. k. Reserveoffizier und spricht ausgezeichnet deutsch. Sicher sind Ihnen die Einkaufsquellen gut bekannt. Wollen Sie uns bitte gefälligst zwei Zimmer in einem Privathaus oder einer billigen Pension mieten, aber sauber und nicht allzuweit von ihrer geehrten Wohnung entfernt, und telegrafieren Sie mir bitte …« usw.

In solchen Fällen rührte ich mich selbstverständlich überhaupt nicht. Es gibt jedoch Leute, mit denen ich wirklich auf gutem Fuße stand, Kriegskameraden, Zechbrüder, Leute, die sich darauf berufen, daß sie meiner Mutter in Prag billig Fleisch verkaufen, oder gar Leute, die angeblich alle meine Aufsätze in den »Lidové noviny« lesen. Was sollte ich mit ihnen anfangen? Ich bestellte ihnen Zimmer im Hotel Excelsior gegenüber dem Anhalter Bahnhof, kaufte Theaterkarten und wartete am Bahnsteig. Aber es ging nicht gut. Ich mußte mit meinen Gästen Geld wechseln gehen. In der Bank fielen auch die über mich her, denen ich auf ihre Briefe nicht geantwortet hatte, und wollten von mir wissen, wie die Tschechokrone, der Dollar, der dänische Gulden und ich weiß nicht was stünden, wie sie morgen stehen würden, ob man verkaufen oder abwarten sollte usw. In der Hotelhalle war es genauso. Einmal überfiel mich auf der Straße die Reisegesellschaft Doležal – mein Fehler, weil ich mich in Gedanken bis in die Mauerstraße verirrt hatte, wo sich das ansonsten ausgezeichnete Prager Restaurant des Herrn Krátký befindet. Die Reisenden wünschten von mir Valutavoraussagen und Ausfuhrbewilligungen für Möbelwaren. Aus dem Restaurant kamen Bekannte herbeigelaufen und wollten Freikarten und Ratschläge darüber, wohin sie in die Sommerfrische fahren sollten. Ich gab ihnen den aufrichtigen Rat, zum Teufel zu fahren. Sie wiesen den Ratschlag zurück, weil sie sich dort mit der Währung nicht zurechtfinden würden.

So fuhr ich am Ende selbst in die Sommerfrische. Ich vertraute niemandem an, wohin ich fahre, aber das hat mir nichts geholfen. Hier in Swinemünde an der Ostsee strotzt es von Bekannten. Wenn ich morgens bade, so plagt mich der Gedanke, daß es heute in Ostende von Bráník und im Freibad von Podolí auch an den heißesten Tagen ganz leer sein muß. Alles, was Beine hat, befindet sich hier. Dann aber habe ich es mir überlegt und kam zu dem Schluß: Egonek, du übertreibst. Fräulein Máňa aus der Rokokobar ist nicht hier, auch Herr Doktor Klausner und Herr Disponent Matucha sind nicht hier – die sind gewiß alle in Ostende. Gestern jedoch unternahm ich einen Ausflug nach

Heringsdorf – und siehe da: Die Máňa aus dem Rokoko ist dort samt dem Doktor Klausner, Herr Disponent Matucha ist dort und Herr Baumeister Houžvička auch und viele andere, an die ich mich gar nicht erinnert habe. Am liebsten würde ich nach Prag fahren, Unterkunft und Verpflegung hätte ich bei Muttern gratis, und baden könnte ich in Bránik. Aber wie käme ich nach Bránik? Könnte ich denn mit meiner Währung die Elektrische hin und zurück bezahlen?

Nein, ich bleib schon hier. Hier ist es ja auch ganz schön. Es regnet ununterbrochen, so daß man zu Hause bleiben, wunderbar Zeitungen lesen und sich ordentlich kratzen kann. Das Kratzen ist nämlich in diesem Jahr die wichtigste Beschäftigung der Badegäste an der Ostseeküste. Die Mücken haben die Küste im Sturm genommen, wie seit vierzig Jahren nicht mehr. Ob die Mücken hinter der Valuta her sind, kann ich noch nicht sagen, da man das Stück »Aus dem Leben der Insekten« in Berlin erst in der nächsten Saison spielen wird. Aber ich kann schon sagen, daß die Mücken stechen und daß wir uns kratzen. In den Familienbädern können Sie sich das schönste Mädchen nicht ansehen, ohne an ein anatomisches Museum erinnert zu werden: Die ganzen Waden sind zerstochen und zerkratzt. Und wenn Sie während eines Spaziergangs am Kai hinter einer Dame her gehen, so kann es Ihnen passieren, daß Ihre Dame plötzlich stehenbleibt, um sich mit dem linken Schuh am linken Unterschenkel und schließlich mit der Hand am Knie oder gar noch höher zu kratzen. Es hätten schon viele Leute wegen dieser verfluchten Mücken hier resigniert, aber die Valuta, die hält uns hier.

Die Abende an der See sind doch auch etwas Herrliches: Man setzt sich andächtig an die Bar und trinkt den Cocktail, tanzt Shimmy und raucht Manoli-Zigaretten. Während die Sonne vergeblich versucht, durch Farbeffekte unsere Aufmerksamkeit zu fesseln, und die Wellen sich mit schleppendem Lärm an der Küste brechen, sitzen wir schön im Spielzimmer und setzen Pferdchen oder Städte. »Städte« spielt man so: Auf einer großen Billardfläche befinden sich sechszehn kleine Vertiefungen in verschiedenen Farben; drei sind gelb, drei rot, drei blau, drei weiß, drei grau und eine schwarz. Jede Farbe bedeutet eine der Städte, die die Spielveranstalter für die wichtigsten halten: Berlin, Hamburg, Dresden, München und – Prag. Jeder setzt auf eine Stadt, und die Stadt, in deren Grübchen die Kugel fällt, gewinnt. Die schwarze Vertiefung gehört der Bank. Gestern abend hat es besonders heftig geregnet, und so saßen wir und spielten »Städte« bis in den hellen Tag hinein. Ich setze auf Berlin und verspielte eine Mark nach der anderen. Neben mir saß ein kluger Rechtsanwalt aus Prag, der hören ließ, daß er die Mücken satt habe und den Regen auch zu Hause genießen könne und daß er morgen losfahre. Zum Abschied setzte er unentwegt auf die gelben Grübchen, das heißt auf Prag. Und hat das Spiel auch gewonnen.

(1922)

Brief an die Mutter

Liebste Mutter,

eigentlich hab ich für meine skandalöse Schreibfaulheit nicht einmal die Ausrede der Überbürdung, denn in Rußland habe ich viel mehr gearbeitet als hier, aber in Berlin muß ich jetzt soviel berichten, soviel gesellschaftlichen, d.h. freundschaftlichen, Verpflichtungen nachkommen, daß ich nicht einmal zur Beantwortung Deines Briefes kam.

Aber ich dachte mir, nachdem ich aus so beängstigend weiter Ferne, von den asiatischen Grenzen heimgekehrt bin, ist eine beruhigende Versicherung von meinem Wohlbefinden nicht besonders nötig. Ich habe mich nie so nahe von zu Hause gefühlt als jetzt. (...)

Meine Wohnung (...) gebe ich mit heutigem Tage auf, doch bleibt meine Briefadresse die alte. Telefonisch bin ich auf *Lützow 6126* zu erreichen. Frl. Lyner fährt mit Frau Jarmila (über Prag) nach Wien, und ich übernehme für die Dauer ihrer Abwesenheit ihre Wohnung, Landstädter Straße 24 ptrre. (...)

Wohin ich im Sommer fahren werde und ob es überhaupt möglich sein wird, weiß ich noch nicht. Momentan habe ich gute Abschlüsse für Artikelserien und auch genug Geld, aber bei der allgemeinen Pleite in Berlin kann man nicht sagen, wovon man im nächsten Monat leben wird. Hauptsächlich ist es eine Krise, in der sich der Verlag Erich Reiß befindet, was mich verhindert, Sommerpläne zu machen. Aber jedenfalls sehen wir uns heuer – wenn auch schlimmstenfalls nur in Prag.

Was gibt's in Prag Neues? Trage mir meine Unterlassungssünde in puncto Briefantwort nicht nach und schreibe mir, bitte, recht bald. (...)

Und laß Dich selbst tausendmal küssen von Deinem treuen
Egon

(8. Juni 1926)

Literatur in Berlin

Unbeschadet meiner Sonntagsfeuilletons und der Tatsache, daß ich nun einen Assistenten hatte, war es noch immer meines Amtes, Polizeibüros und Tatorte zu durchschnuppern, mich in Wohnungen einzudrängen und Fragen zu stellen, so lästig sie auch dem Interviewten, so peinlich sie mir selbst sein mochten.

Und bis in die Träume verfolgte mich die Furcht, einen Raubmord verpaßt zu haben.

Mit all dem sollte Schluß gemacht sein, als ich 1913 meine Stellung an der »Bohemia« kündigte und nach Berlin ging. Nur außerhalb von Reih und Glied des Redaktionsstabes beabsichtigte ich zu wirken, ein Free-lancer, der seine Lanze schleudert, wann und wohin es ihm gefällt.

Zunächst wollte ich einen Roman schreiben. Ich schwankte zwischen drei Themen: das Leben in der Redaktion, eine Spionagegeschichte aus dem Siebenjährigen Krieg, das Treiben der Prager Zuhälterwelt. Am Abend meiner Ankunft in Berlin entschied ich mich für das Thema Nummer drei.

Nun schrieb ich zu Hause, nicht mehr in einer Bahnhofshalle, wie es die Redaktion gewesen. Nun schrieb ich mit Tinte und auf glattem Papier und konnte dabei Schnörkel und Schlingen ziehen und Männchen auf mein Manuskript zeichnen. Nun war ich unabhängig von dem Raum, den der Metteur en pages verfügbar zu haben behauptet, und von der Stunde des Redaktionsschlusses. Nun war ich unabhängig von den Abhängigkeiten des Chefredakteurs und von den Zuschriften betroffener Abonnenten. (...) Nichts und niemanden brauchte ich mehr zu fragen, kein Faktum pfuschte mir ins Konzept, die Personen hießen und waren, handelten und litten, liebten und haßten, lebten und starben just nach meiner Laune und Logik.

Hatte ich zwei bis drei Stunden solcherart absolutistisch regiert, ging ich ins Café des Westens. Das wurde von der Außenwelt »Café Größenwahn« genannt, die Innenwelt nannte sich die deutsche Literatur. Hier saßen alle Richtungen: von den Überlebenden des Naturalismus bis zu den expressionistischen Knaben; von der esoterischen Mystikerin bis zu dem Plauderer, der unter drei Namen in drei Abendblättern täglich Feuilletons schrieb;

vom Lieblingsromancier unserer Eltern bis zum Gymnasiasten, der den Vatermord predigte; vom reichen Bibliophilen bis zum verhungernden Verfasser der Schriften, die jener sammelte; vom temperamentplatzenden Biographen bis zu dessen blassem Objekt; vom Ministerkandidaten bis zum konzessionslosen Anarchisten; vom Herausgeber der »Zukunft«, vor dem Throne zitterten, bis zum Lyriker, der für jeden geknickten Grashalm eine Totenmesse las: vom Südamerikaner, der seine Indio-Abkunft verheimlichte, bis zu dem auf Tropenkrankheit posierenden Reiseschriftsteller; vom galanten Abbé des Rokoko bis zum wüsten Rüpel der Kaschemmen; vom ewig belustigten Tragödiendichter bis zum ewig klagenden Humoristen; von dem nach neuester Mode gekleideten und immerfort zeichnenden Maler bis zu seinen immerfort bummelnden Schülern, die seinen Vorwürfen entgegneten, daß die Kunst weniger von der Faulheit der Begabten beeinträchtigt werde als vom Fleiß der Unbegabten; vom kraftmeierischen Bildhauer, der den pausbäckigen Gipsengeln an den Wänden die Köpfe abschlug, bis zu dem Kunstkritiker, der immer Dame blieb; vom sexualrevolutionären Dramatiker, an dessen Tisch kein zweideutiges Wort gesprochen werden durfte, bis zum Dichter-Rechtsanwalt Frauenlob, der mit schmetternder Stimme Gerichtsakten von Notzucht verlas: vom uralten Langstreckenläufer der Kritik bis zum gleichaltrigen baltischen Genie, dessen literarisches Lebenswerk in dem Aphorismus bestand: »Reiche Leute sind nicht immer reich.«

Auch Egerias Schwestern saßen hier zu Tisch. Da war die Spela, weithin erkennbares Urbild des Gedichts:

Auf dem Teiche
Schwimmt eine bläulich-bleiche,
Schwammig-weiche
Wasserleiche.

Im Romanischen Café, um 1930

Da war Lotte Pritzel, die inmitten von Schreckens-, Sehnsuchts- und Fieberträumen Puppen gebar. Da war Schnorchen, der Literaturgenerationen Poesie und Prosa auf den schlanken Leib geschrieben. Da war Margot, die Knaben zu Morphinisten und Morphinisten zu Selbstmördern machte. Da war die elegante Trude-Lou, die sich von ihren nie aus Berlin herausgekommenen Verehrern die Pariser und Wiener Originalberichte für die Modejournale schreiben ließ. Fräulein Peschke spielte unter dem Namen Mara Mia in den photographierten Pantomimen mit, die im »Kintopp« vorgeführt wurden. »Babychen«, in allen erotischen Künsten erfahren, saß in kurzen Röckchen und Söckchen, mit naiven Augen da und hielt bunte Luftballons in der Hand. Es gab Schauspielerinnen, Malerinnen, Tänzerinnen, Kunstgewerblerinnen und Freundinnen.

Nicht ohne weiteres konnte sich ein Neuling aus der Provinz als seine eigene Büste in eine solche Ruhmeshalle setzen. Auch dann nicht, wenn er dem einen oder anderen dieser Größen einen Artikel abgedruckt, auch dann nicht, wenn er über den anderen oder dritten eine lobende Kritik geschrieben, auch dann nicht, wenn er mit dem dritten oder vierten bei einer Berichterstattung zusammengearbeitet hatte, auch dann nicht, wenn der vierte oder fünfte etwas Rühmendes über die lokalen Erfolge des Neulings auszusagen wußte. Ich erlebte all das wieder, was ich sieben Jahre vorher bei meinem Eintritt in die »Bohemia«-Redaktion erlebt hatte.

Es wiederholte sich sogar dermaßen getreu, daß Doktor Dykschy abermals der mich abweisende Tempelhüter war. »Ein Abschreiber der Wirklichkeit mag auf dem Marktplatz der Tagesnachrichten handeln, nichts zu suchen hat er in der Kathedrale der Kunst.« Dieser Meinung des einflußreichen Kritikers hatten alle beizupflichten. (...)

(1914)

Die gerächte Bohème

Vor und während des Krieges pflegte die Bohème im alten *Café des Westens*, Ecke Kurfürstendamm und Joachimstaler Straße, zu sitzen. Jedermann war dort Stammgast, die esoterische Lasker-Schüler und der Filmdetektiv Stuart Webbs, der Journalist Ulrich Rauscher, der bereits dreieinhalb Jahre als bevollmächtigter Minister lebt, sowie der Dichter Erich Mühsam, der bereits dreieinhalb Jahre im Kerker des reaktionären Bayern zugrunde geht. Hanns Heinz Ewers, der an seinem Satanismus viel Geld verdient, sowie Otfried Krzyzanowski, der für seine

Lyrik Hungers starb, der Kitschmaler Matejko, der die Plakatwände Berlins bekleckst, sowie der Maler Bernays, der gefallen ist. Hier pflegten alle zu sitzen, bevor sie bekannt oder der Gestellungskommission vorgeführt wurden, hier pflegte alles zu sitzen, was die »Aufmachung« und den »Betrieb« verabscheute, diese unübersetzbaren Götternamen Berlins; was sich nicht frei fühlte im eleganten Kaffeehaus mit Konzerten; alles, was etwas mit Kunst zu tun hatte oder zumindest dazugehören wollte. In denen, die kurzgeschnittene Haare hatten, Zigarren rauchten und Stehkragen trugen, ließen sich leicht Frauen erkennen, und die, die schmachtende Blicke um sich warfen und lange Haare und Anzüge mit freiem Hals trugen, waren Männer. Außerdem hatte jeder seine persönliche Note, mancher Mann eine Halskette, manche Frau ein Monokel, dieser den Expressionismus, jener den Anarchismus, je nachdem. Alles war sehr originell, und wenn ungünstiges Wetter am Sonntag den Besuch des Zoologischen Gartens nicht erlaubte, so besuchten die Bürger das *Café des Westens* und verspotteten die dortigen Narren.

Es stimmt, große Zechen machten die Künstler dort nicht, bestimmt gaben sie nicht die Hälfte des Gebäcks an, das sie gegessen hatten, und oft sind sie auch das schuldig geblieben. Aber all das wurde reichlich wettgemacht dadurch, daß das Geld in Strömen floß, sobald es jemandem gelungen war, dem Verleger, dem Kunsthändler oder dem Theaterdirektor Vorschuß abzuluchsen. Auch dadurch, daß das *Café des Westens*, auch *Café Größenwahn* genannt, eine Sehenswürdigkeit für die Ausländer war. Kurz, der Kaffeehausbesitzer wurde zum reichen Manne, und sobald jemand reich geworden ist, will er das auf noble Art unter Beweis stellen. Deshalb entschloß sich Herr Pauly, die Künstler hinauszuschmeißen, die alten bemalten Marmorplatten zu verkaufen, die in allen Ehren verräucherten Wände mit geblümten Tapeten zu beziehen und überhaupt recht fein und sein mit sehr viel Goldüberzug und Samt und Kitsch und mit einer Musikkapelle im Frack und mit hohen Preisen. Das war gar nicht schön von ihm, denn an der armen Bohème hatte er ja all sein Geld verdient und konnte auch weiterhin viel Geld verdienen. Doch nicht genug damit, daß er sie heimatlos machte, er lachte sie obendrein auf ganz geschmacklose Weise aus. Als er sein neues, geschniegeltes und gebügeltes Lokal eröffnete, ließ er überall ein Doppelplakat anschlagen: Auf der einen Seite war eine Gruppe hagerer langhaariger Künstler karikiert, und darunter stand: »Diese da sind traurig«. Auf der anderen Seite waren Lebemänner mit Monokel und Weltdamen mit hohen Absätzen in idealisierter Pose dargestellt, und darunter stand: »Diese frohlocken«.

Die als traurig Abgebildeten waren tatsächlich traurig: Die Bohèmiens gehen jetzt ins *Romanische Café*, in dessen kuppelförmiger Halle sie unter Kettenhändlern von der Rennbahn und Börsenspekulanten ein ziemlich geduldetes Dasein fristen. Der Kaffee muß sofort bezahlt werden, und das Gebäck ist genau abgezählt, und traurig denken sie an das schöne alte *Café des Westens* zurück ... Aber die jungen Lebemänner und die geschminkten Damen, auf den Plakaten als die lachenden Erben abgebildet, freuten sich, wie es scheint, über die Eröffnung des neuen Kaffeehauses doch nicht so, wie es dem Plakatmaler aufgetragen worden war. Oder aber die Freude war nur von kurzer Dauer, denn jetzt verkehren sie dort nicht mehr. Die Musikkapelle spielt die schönsten Shimmys, die Plüschmöbel glänzen im schönsten Gold und Bordeauxrot, die Kellner tragen blendende Vorhemden, der Vorgarten hat herrliche Strandmöbel, und es fehlt nur noch das eine: die Gäste. Aber eben das scheint den Gastwirt zu ärgern. Er macht eine recht traurige Miene, wenn er am Eingang seines leeren oder halbleeren Vorgartens steht. Und die Miene wird wütend, wenn er seine ehemaligen Stammgäste vor dem Gitter stehen, ironisch lächeln sieht oder gar den Spruch »Diese da sind traurig« zitieren hört. – Die Wanderungen zum Gitter des ehemaligen Café des Westens sind jetzt ein beliebtes Vergnügen, der einzige Lichtblick in diesen unerhört teuren Zeiten.

(1922)

Vier neue Theater in Berlin

Eine merkwürdige Tatsache liegt der Nachricht zugrunde, daß im Laufe des Monats vier neue Theater mit literarischen und künstlerischen Ambitionen in Berlin eröffnet wurden, sämtlich in Gebäuden, die man bis jetzt als Kinos oder Operettentheater benutzt hatte. Was soll man davon halten? Ist in Berlin die Götterdämmerung angebrochen, ist man der Operettendummheiten und der Filmkitschs überdrüssig? Mitnichten. Von den vier neuen Literaturbühnen sind drei allein deshalb gegründet worden, weil ihre Besitzer an anderem reich geworden sind und sich nun für ihr Geld gern die Anerkennung der ernsten Kritik erwerben und zu literarischen Ehren kommen möchten. Dagegen wäre schließlich nichts einzuwenden, wenn sie sich auf diese Weise auch einen entsprechenden literarischen Geschmack erkaufen könnten und wenn das Publikum auch echter Literatur wegen ins Theater ginge.

Doch so reich, um vor leeren Häusern esoterische Literaturdramatik zu treiben, ist nicht einmal Herr Herwarth Walden, der Herausgeber der expressionistischen Zeitschrift »Sturm«, Inhaber einer futuristischen Kunstgalerie in der Potsdamer Straße und Herausgeber kubistischer Werke. Er verdiente an seinen Gemäldekäufen – namentlich der von Degas (dessen Bedeutung er als erster erkannte) – soviel Geld, daß er es auch mit modernem Theater versuchen wollte. In der entlegenen Schöneberger Hauptstraße kaufte er ein Kino und begann mit Maeterlincks »Prinzessin Maleine«. Das war kühn. Denn erstens trat Maeterlinck während des Krieges scharf gegen Deutschland auf, und zweitens ist dieses Stück von der verstoßenen Prinzessin Maleine trotz aller blutigen Reminiszenzen an die blutigsten Szenen im »Macbeth« doch nur eine Puppenspiel-Tragödie. Die Kritik machte gute Miene zu diesem Versuch, und mehrere neugierige Leute besuchten in den ersten Tagen tatsächlich das neue Theater, das Kammerspiele des Westens heißt. Doch heute soll der Fehlbetrag bereits so hoch sein, daß Walden all seine Bilder von Cézanne und Degas verkaufen mußte und trotzdem seine Schulden nicht tilgen kann. Jedenfalls prangt am Theater bereits die Mitteilung, daß von jetzt an »Pension Schöller« gespielt wird, eine der dümmsten und wirksamsten Possen der neunziger Jahre.

Herr Direktor Poell übernahm jenes Theater, in dem früher die Brüder Herrnfeld das Genre des Pester Orfeus à la Eisenbach pflegten. Aber Herr Poell, der ein Tiroler ist, wird in seinem Theater in der Kommandantenstraße weder Maurice Maeterlinck noch einen anderen Maurice spielen. Er möchte – wenn er es auch nicht öffentlich zu verlautbaren wagt – in seinem Theater das christlich-germanische Schönheitsideal pflegen, wie es seinerzeit der Direktor des Burgtheaters Millenkowich mit großem Erfolg versucht hat. Nun ist die Literatur tatsächlich mehr als jeder andere Bereich zum Tummelplatz jüdischen Schwindels geworden, und es wäre nur zu begrüßen, wenn ein kühner Theaterdirektor es wagen würde, sich dem zu widersetzen. Aber die Verhältnisse sind nun einmal kompliziert. Die größten jüdischen Schwindler der deutschen Literatur, die Ewers, Hasenclever, Bronnen, Tovote usw., sind reinrassige christliche Arier, und unter den Stillen im Lande gibt es viele Christen, die Juden sind. Bei den großen dramatischen Talenten Deutschlands, bei Fritz von Unruh, Joachim von der Goltz, Bert Brecht, Reinhold Sorge und Robert Musil, stimmt zwar die christliche Kunst mit ihrer christlichen Abstammung überein, aber gerade diese Dichter sind wohl Herrn Poell und seinem Publikum zu »modern« und »der Mehrheit des deutschen Volkes« unverständlich. (...) Herr Poell kündigt zwar noch nicht die »Pension Schöller« an, dafür aber das Drama »Gantz und die Tänzerin Fanny Elßler«. Der Titelheld ist zwar ein Held der Befreiungskriege, der Autor jedoch heißt Jakob Wassermann.

Das dritte neue Theater verschiebt seine Eröffnung von Woche zu Woche. Es heißt Renaissancetheater und wird in den Räumen des Terra-Kinos spielen. Der Direktor ist ein junger Literat namens Theodor Tagger, dem man eine Genialität nicht absprechen kann: Er versteht es, jederzeit einen Geldgeber zu finden. Während des Krieges brachte er es fertig, die teuerste deutsche Kunstzeitschrift »Marsyas« (auf Japanpapier!) herauszugeben, und nach dem Krieg fand er für seine beiden Stücke, die reine Sternheimkopien sind, bereitwillige Bühnen. Doch »Marsyas« überlebte die dritte Nummer nicht und seine beiden Dramen nicht die dritte Aufführung. Wir wollen hoffen, daß Herr Tagger mit seinem Theater mehr Glück haben wird. Er fängt mit »Muß Sara Sampson« von Lessing an, mit der vor hundertfünfzig Jahren das erste bürgerliche Drama die deutsche Bühne betrat.

Das vierte Theater verdankt seine Entstehung keiner Privatinitiative. Im bisherigen Zentral-Theater des Martin Zikkel, der den Berliner Westen zu seinen Operetten in den Osten lockte, entsteht nun mit Unterstützung der Sozialisten ein gutes Volkstheater. Der junge Dramatiker Rehfisch und ein gewisser Herr Piscator, die an der Spitze des Berliner Proletkults stehen, wollen Romain Rolland, Gorki, Zola, Franz Jung, Tschechow und Gogol spielen. Bisher spielten sie nur die über zwanzig Jahre alten »Kleinbürger« von Gorki. Wenn auch mehr als die Hälfte des Stückes aus peinlichen Streitigkeiten zwischen zwei Generationen und unverdaulichen Familienhändeln besteht, so siegte am Ende in diesen an Operette gewöhnten Räumen Gorkis dichterisches Talent, das sich hier weit stärker äußert als im »Nachtasyl«. Und da der Saal von den Gewerkschaftsorganisationen Abend für Abend gemietet wird, besteht keine Gefahr, daß die Kunst abhanden kommen wird. Was für die anderen drei neuen Berliner Bühnen wohl kaum prophezeit werden kann.

(1922)

Brief an Jarmila Haasová

Liebe Jarmilininko, genannt Affe,

sieh mal, was für ein Goldjunge ich doch bin, ich schreibe Dir sofort, obwohl ich Deinen Brief gerade vor einer halben Stunde erhalten habe, obwohl ich heute auf der Generalprobe von »Ihre Patorin« in der Staatsoper gehockt und für die »Lidovych« ein gewaltiges musikalisches Referat durchgegeben habe (es hat 5.- Mark gekostet) und Du kannst es Sonntag in der »Lid.N.« lesen, – nun, obwohl ich mit Arbeit überhäuft bin, trotzdem, Jarmilinince, schreibe ich Dir einen Brief. Wie bin ich?

Aber wie bist Du? Dumm! Und warum? Weil du krank bist. (...) Ich kann mir zwar nicht vorstellen, daß Du überhaupt nicht rauchst, aber ich hoffe, daß Du wenigstens vernünftig bist und auf Dich acht gibst. Ja? Wenn nicht, dann setzt es etwas.

Neues gibt es nichts in Berlin. Gestern war ich mit Bornstein zur Premiere von Griffiths Film »A broken flower« (Eine Blüte gebrochen) im Tauentzienpalast, Willy war auch da, (mit Rosen), der total begeistert war. Mir war es zu rührselig. (...)

Werde bald gesund, Jarmilinko, und schreibe mir nichts von dem Geheimnis, das Du mir im letzten Brief angedeutet hast, und korrigiere meine Schreibfehler (ich schreibe heute besonders schnell), und küsse mich im Andenken an Deinen Dich küssenden Egonek.

(15. März 1924)

Elliptische Tretmühle

Zum zehnten Male, Jubiläum also, wütet im Sportpalast in der Potsdamer Straße das Sechstagerennen. Dreizehn Radrennfahrer, jeder zu einem Paar gehörend, begannen am Freitag um neun Uhr abends die Pedale zu treten, siebentausend Menschen nahmen ihre teuer bezahlten Plätze ein, und seither tobt Tag und Nacht, Nacht und Tag das wahnwitzige Karussell. An die siebenhundert Kilometer legen die Fahrer binnen vierundzwanzig Stunden zurück, man hofft, sie werden den Weltrekord drücken, jenen historischen Weltrekord, als in sechs nächtelosen Tagen von 1914 zu Berlin die Kleinigkeit von 4.260,960 Kilometern zurückgelegt wurde, worauf der Weltkrieg ausbrach.

Sechs Tage und sechs Nächte lang schauen die dreizehn Fahrer nicht nach rechts und nicht nach links, sondern nur nach vorn, sie streben vorwärts, aber sie sind immer auf dem gleichen Fleck, immer in dem Oval der Rennbahn, auf den Längsseiten oder auf den fast senkrecht aufsteigenden Kurven, unheimlich übereinander, manchmal an der Spitze des Schwarmes, manchmal an der Queue und manchmal – und dann brüllt das Publikum: »Hipp, hipp!« - um einige Meter weiter; wenn aber einer eine Runde oder zwei voraushat, ist er wieder dort, wo er war, er klebt wieder in dem Schwarm der dreizehn. So bleiben alle auf demselben Platz, während sie vorwärts hasten, während sie in rasanter Geschwindigkeit Strecken zurücklegen, die ebenso lang sind wie die Diagonalen Europas, wie von Konstantinopel nach London und von Madrid nach Moskau. Aber sie kriegen keinen Bosporus zu sehen und keinen Lloyd George, keinen Escorial und keinen Lenin, nichts von einem Harem und nichts von einer Lady, die auf der Rotten Row in Hyde Park reitet und keine Carmen, die einen Don José verführt, und keine Sozialistin mit kurzem schwarzem Haar und Marxens »Lehre vom Mehrwert« im Paletot. Sie bleiben auf derselben Stelle, im selben Rund, bei denselben Menschen – ein todernstes, mörderisches Ringelspiel. Und wenn es zu Ende ist, die hundertvierundvierzigste Stunde abgeläutet ist, dann hat der erste, der, dem *Delirium tremens* nahe, lallend vom Rade sinkt, den Sieg erfochten, ein Beispiel der Ertüchtigung.

Sechs Tage und sechs Nächte drücken dreizehn Paar Beine auf die Pedale, das rechte Bein auf das rechte Pedal, das linke Bein auf das linke Pedal, sind dreizehn Rücken abwärts gebogen, während der Kopf ununterbrochen nickt, einmal nach rechts, einmal nach links, je nachdem, welcher Fuß gerade tritt, und dreizehn Paar Hände tun nichts als die Lenkstange halten: manchmal holt ein Fahrer unter dem Sitz eine Flasche Limonade hervor und führt sie an den Mund, ohne mit dem Treten aufzuhören, rechts, links, rechts, links. Ihre dreizehn Partner liegen inzwischen erschöpft in unterirdischen Boxen und werden massiert. Sechs Tage und sechs Nächte. Draußen schleppen Austrägerinnen die Morgenblätter aus der Expedition, fahren die ersten Waggons der Stra-

Teilnehmer beim Sechstagerennen im Sportpalast, um 1928

ßenbahnen aus der Remise, Arbeiter gehen in die Fabriken, ein Ehemann gibt der jungen Frau den Morgenkuß, ein Polizist löst den anderen an der Straßenecke ab, ins Café kommen Gäste, jemand überlegt, ob er heute die grau-schwarz gestreifte Krawatte umbinden soll oder die braun gestrickte der Dollar steigt, ein Verbrecher entschließt sich endlich zum Geständnis, eine Mutter prügelt ihren Knaben, Schreibmaschinen klappern, Fabriksirenen tuten die Mittagspause, im Deutschen Theater wird ein Stück von Georg Kaiser gegeben, das beim Sechstagerennen spielt, der Kellner bringt das Beefsteak nicht, ein Chef entläßt einen Angestellten, der vier Kinder hat, vor der Kinokasse drängen sich hundert Menschen, ein Lebegreis verführt ein Mädchen, eine Dame läßt sich das Haar färben, ein Schuljunge macht seine Rechenaufgaben, im Reichstag gibt es Sturmszenen, in den Sälen der Philharmonie ein indisches Fest, in den Häusern sitzen Leute auf dem Klosett und lesen die Zeitung, jemand träumt, bloß mit Hemd und Unterhose bekleidet in einen Ballsaal geraten zu sein, ein Gymnasiast kann nicht schlafen, denn er wird morgen den pythagoräischen Lehrsatz nicht beweisen können, ein Arzt amputiert ein Bein, Menschen werden geboren und Menschen sterben, eine Knospe erblüht und eine Blüte verwelkt, ein Stern fällt und ein Fassadenkletterer steigt eine Häuserwand hinauf, die Sonne leuchtet und Rekruten lernen schießen, es donnert und Bankdirektoren amtieren, im Zoologischen Garten werden Raubtiere gefüttert und eine Hochzeit findet statt, der Mond strahlt und die Botschafterkonferenz faßt Beschlüsse, ein Mühlenrad klappert und Unschuldige sitzen im Kerker, der Mensch ist gut und der Mensch ist schlecht – während die dreizehn, ihren Hintern auf ein sphärisches Dreieck aus Leder gepreßt, unausgesetzt rundherum fahren, unaufhörlich rundherum, immerfort mit kahlgeschorenem Kopf und behaarten Beinen nicken, rechts, links, rechts, links.

Gleichmäßig dreht sich die Erde, um von der Sonne zu empfangen, gleichmäßig dreht sich der Mond, um der Erde Nachtlicht zu sein, gleichmäßig drehen sich die Räder, um Werte zu schaffen – nur der Mensch dreht sich sinnlos und unregelmäßig beschleunigt in seiner willkürlichen, vollkommen willkürlichen Ekliptik um nichts, sechs Tage und sechs Nächte lang. Der Autor von Sonne, Erde, Mond und Mensch schaut aus seinem himmlichen Atelier herab auf das Glanzstück seines Œuvres, auf sein beabsichtigtes Selbstporträt, und stellt fest, daß der Mensch – so lange, wie die Herstellung des Weltalls dauerte – einhertritt auf der eignen Spur, rechts, links, rechts, links – Gott denkt, aber der Mensch lenkt, lenkt unaufhörlich im gleichen Rund, wurmwärts geneigt das Rückgrat und den Kopf, um so wütender angestrengt, je schwächer seine Kräfte werden, un am wütendsten am Geburtstage, dem sechsten der Schöpfung, da des Amokfahrers Organismus zu Ende ist und, hip-hipp!, der Endspurt beginnt. Das hat Poe nicht auszudenken vermocht: daß am Rand seines fürchterlichen Mahlstroms eine angenehm erregte Zuschauermenge steht, die die vernichtende Rotation mit Rufen anfeuert, mit hipp-hipp! Hier geschieht es, und hier erzeugen sich zweimal dreizehn Opfer den Mahlstrom selbst, auf dem sie in den Orkus fahren.

Ein Inquisitor, der solche Tortur, etwa »Elliptische Tretmühle« benamst, ausgeheckt hätte, wäre im finstersten Mittelalter selbst aufs Rad geflochten worden – ach, auf welch ein altfränkisches, idyllisches Einrad! Aber im zwanzigsten Jahrhundert muß es Sechstagerennen geben. *Muß*! Denn das Volk verlangt es. Die Rennbahn mit den dreizehn strampelnden Trikots ist Manometerskala einer Menschheit, die mit Wünschen nach äußerlichen Sensationen geheizt ist, mit dem ekstatischen Willen zum Protest gegen Zweckhaftigkeit und Mechanisierung. Und dieser Protest erhebt sich mit der gleichen fanatischen Sinnlosigkeit wie der Erwerbstbetrieb, gegen den er gerichtet ist. Preise werden gestiftet, zum Beispiel zehn Dollar für die ersten in den nächsten zehn Runden. Ein heiserer Mann mit dem Megaphon ruft es aus, sich mit unfreiwillig komischen, steifen Bewegungen nach allen Seiten drehend, und nennt den Namen des Mäzens, der fast immer ein Operettenkomponist, ein Likörstubenbesitzer oder ein Filmfabrikant ist oder jemand, auf dessen Ergreifung eine Prämie ausgesetzt werden sollte. Ein Pistolenschuß knallt, es beginnt der Kampf im Kampfe, hipp-hipp!, die dreizehn sichtbar pochenden Herzen pochen noch sichtbarer, Beine treten noch schneller, rechts, links, rechts, links, Gebrüll des Publikums wird hypertrophisch, hipp-hipp!, man glaubt in einem Pavillon für Tobsüchtige zu sein, ja beinahe in einem Parlament, der geschlossene Schwarm der Fahrer zerreißt. Es ist ein Unfall, wenn der Holländer Vermeer in der zweiten Nacht in steiler Parabel vom Rad saust, mitten ins Publikum? Nein: Out. Ändert es etwas, daß Tietz liegenbleibt? Nein, es ändert nichts, wenn die Roulettkugel aus dem Spiel schnellt. Man nimmt eine andere. Wenn einer den Rekord bricht, so wirst du Beifall brüllen, wenn einer den Hals bricht – was geht's dich an? Hm, ein Zwischenfall. Oskar Tietz war Outsider vom Start an. Das Rennen dauert fort. Die lebenden Roulettbälle rollen. »Hipp, Huschke! Los, Adolf!« – »Gib ihm Saures!« – »Schiebung!!!«

Von morgens bis mitternachts ist das Haus voll, und von mitternachts bis morgens ist der Betrieb noch toller. Eine Brücke überwölbt hoch die Rennbahn und führt in den Innenraum; die Brückenmaut beträgt zweihundert Mark pro Person. Im Innenraum sind zwei Bars mit Jazzbands, ein Glas Champagner kostet dreitausend Papiermark. Nackte Damen in Abendtoilette sitzen da, Verbrecher im Berufsanzug (Frack und Ballschuhe), Chauffeure, Neger, Ausländer, Offiziere und Juden. Man stiftet Preise. Wenn der Spurt vorbei ist, verwendet man die Aufmerksamkeit nicht mehr auf die Kurve, sondern auf die Nachbarin, die auch eine bildet. Sie lehnt sich in schöner Pose an die Barriere, die Kavaliere schauen ins Dekolleté, rechts, links, rechts, links. Das Sechstagerennen des Nachtlebens ist es. Im Parkett und auf den Tribünen drängt sich das werktätige Volk von Berlin, Deutschvölkische, Sozialdemokraten, rechts, links, rechts, links, alle Plätze des Sportpalastes sind seit vierzehn Tagen ausverkauft, Logen und Galerien lückenlos besetzt, rechts, links, rechts, links, Bezirke im Norden und Süden müssen entvölkert sein, Häuser leer stehen, oben und unten, rechts und links. Und mehr als die Hälfte der Plätze sind von Besessenen besessen, die –

die Statistik stellt es triumphierend fest – vom Start bis zum Finish der Fahrer in der hundertvierundvierzigsten Stunde ausharren. In Berliner Sportkreisen ist es bekannt, daß sogar die unglücklichen Ehen durch die Institution der Six Days gemildert sind. Der Pantoffelheld kann sechs Tage und sechs Nächte von daheim fortbleiben, unkontrolliert und ohne eine Gardinenpredigt fürchten zu müssen. Selbst der eifersüchtigste Gatte läßt seine Frau ein halbes Dutzend Tage und Nächte unbeargwöhnt und unbewacht; sie kann gehen, wohin sie will, rechts, links, rechts, links, ruhig bei ihrem Freunde essen, trinken und schlafen, denn der Gatte ist mit Leib und Seele beim Sechstagerennen. Von dort rühren sich die Zuschauer nicht weg, ob sie nun Urlaub vom Chef erhalten oder sich im Geschäft krank gemeldet, ob sie ihren Laden zugesperrt oder die Abwicklung der Geschäfte den Angestellten überlassen haben, ob sie es versäumen, die Kunden zu besuchen, ob sie streiken oder ohnedies arbeitslos sind. Es gehört zur Ausnahme, daß ihr Vergnügen vorzeitig unterbrochen wird, wie zum Beispiel das des sportfreudigen Herrn Wilhelm Hahnke, aus dem Hause Nr. 139 der Schönhauser Straße. Am dritten Renntage verkündete nämlich der Sprecher durch das Megaphon, rechts, links, rechts, links, den siebentausend Zuschauern: »Herr Wilhelm Hahnke, Schönhauser Straße 139, soll nach Hause kommen, seine Frau ist gestorben!«

(1925)

Das Bedürfnis »Hurra« zu rufen

Am Bahnhof Zoologischer Garten in Berlin stand vorigen Sonntag eine Kompanie Soldaten, und mit ihr erwartete eine tausendköpfige Menschenmenge, die den Bahnsteig und die angrenzende Brücke über die Hardenbergstraße füllte, die Ankunft des fremden Gastes. Als der Signalmast um fünf Uhr die Einfahrt des Zuges ankündigte, bebte alles vor Erregung, und ein mächtiges Gedränge und Gestoße hob an. Die Lokomotive pustete gemächlich in den Bahnhof, eine heilige Stille breitete sich aus, die Häupter entblößten sich, und dann erst entlud sich die Spannung in einem gewaltigen, jubelnden, nicht enden wollenden »Hurra«, als der erwartete Gast in der Tür des Waggons erschien.

Die Kompagnie war allerdings keine Ehrenkompagnie, wie einst beim Empfang von Fürsten üblich, sondern es handelte sich um die Berliner Militärsicherheitspolizei »Sipo«, und es war auch kein Potentaten-Sonderzug angekommen, sondern der regelmäßige Expreßzug aus Hamburg, und bei dem mit Spannung erwarteten Gast handelte es sich weder um den regierenden Fürsten von Reuß-Schleiz-Greiz noch um den Kronprinzen eines Negerstammes aus Anamu, sondern es war – der Boxweltmeister Jack Dempsey.

Unter den Tausenden, die ihn mit einem donnernden Hurra begrüßten, befanden sich vielleicht einige hundert Boxer und Boxsportfreunde. Die Boxer erkennen Sie sofort, sie sehen einander alle ein wenig ähnlich. Nicht etwa in der Gestalt, denn sie sind eher schlank und unauffällig und haben nicht die Umrisse eines gleichschenkeligen Dreiecks und strotzende Körperformen, durch die sich beispielsweise die Ringkämpfer auszeichnen. Aber die Nase ist meist platt, als wollte sie sich vor dem »Schwinger« in die Nasenhöhle verstecken, und das Kinn ist breit, hat unten nicht so eine gefährliche Spitze, die der Gegner nur zu berühren braucht, um den Kampf zu seinem Vorteil zu entscheiden. Eine platte Nase und ein breites Kinn bringt ein guter Boxer bereits von Natur aus mit in den Ring, aber die sonstigen Merkmale, durch die er sich von den übrigen Erdbewohnern unterscheidet, bekommt er erst während seiner sportlichen Tätigkeit: ein Gesicht, das von der übertrieben energischen Massage durch den Gegner rot wie das eines Weinliebhabers zu sein scheint, ein verstümmeltes linkes Ohr, das von den zerschmetterten Adern des Ohrläppchens herrührt, und eingeschlagene Vorderzähne.

Die Boxsportfreunde erkannten Sie ebenfalls leicht. Sie trugen meist kurze Hosen, viele sogar einen Rock. Die Jungen gelangten ohne Karte auf den Bahnsteig – so was hat Berlin noch nicht erlebt –, die Damen hoben die erwähnten Röcke hoch über die Knie und krochen auf die Gepäckkarren, Kandelaber und Waggondächer. Als sie Dempsey erblickten, wurden sie kreidebleich, riefen »hallo, Jack« und »hurra«, und die Glücklichen, die vom Gedränge bis zu ihm hin geschoben wurden, griffen nach seinem Gesicht, seinen Oberschenkeln usw., um sich zu überzeugen, wie »hart« er sei.

Dempsey war sehr verlegen, lächelte verängstigt, benahm sich linkisch, wie er sich im Kampfe mit Carpentier nicht benehmen dürfte. Die Situation wurde immer brenzliger. Die Sipos schlugen auf die Menschenmenge ein, der Ausschuß des Verbandes Deutscher Faustkämpfer versuchte dem Weltmeister den Weg zu bahnen, aber es half nichts. Jack Dempsey wäre gewiß knockout, ja vielleicht gar totgeschlagen worden, wäre es ihm nicht gelungen, zum Gepäckaufzug hinzustolpern, den der geistesgegenwärtige Fahrstuhlführer im selben Augenblick in Gang setzte. So versank Jack the Great vor unser aller Augen in die Tiefe... Die Dame, die zufälligerweise auf der Aufzugsplattform stand, versank glückselig mit ihm. Sie fiel ihm um den Hals, und er konnte sich nicht wehren.

Es war aufregend und sehr schön. Wenn sich die Tagesblätter über die einem Faustkämpfer erwiesenen Ehrenbezeigungen lus-

Boxkampf im Lustgarten, 1924

tig machen, so haben sie unrecht. Es ist entschieden besser, jemanden jubelnd zu empfangen, der der Erste ist in seinem Fach und der es – wortwörtlich – aus eigener Kraft so weit gebracht hat, als einen gekrönten Hohlkopf oder einen schnauzbärtigen Mörder mit Generalsstreifen zu begrüßen. Das Volk will sein Recht haben, »hurra« zu rufen, und »hurra, Dempsey« riefen auch viele, die noch nie einen Boxkampf gesehen hatten. Sie sind sympathischer als jene Dame mit dem Zwicker, die ihrem Ärger über den stürmischen Empfang mit folgenden Worten Luft machte:

»So ein Lärm! Rabindranath Tagore hat man nicht so stürmisch empfangen!«

(1922)

Boxkampf im Radio

»Projramm jefällig? Wer noch keens hat und noch eens will, der schweige jetzt nicht still! Projramm jefällig …?«

»Sie, Ordner, wo ist denn hier Nummer 212?«

»Hier noch der Kaugummi: Beech nut. – Deer Boxsport, diie Sportwoche, Achtuhramtblatt!«

Der Speaker: »Als erste – Gegner – treffen sich … Federgewicht … hundervierzehn Pfund …«

»Ach wat, Kroppzeug! … Jeht man erst in die Spielschule …«

»Setzen!« – »Hut ab!« – »Setzen, Herr Oberförster!«

Ein Stentor der Galerie: »Rauchen einstellen!« Ein Stentor des Innenraumes (als Antwort hinaufrufend): »Du hast wohl keene Zigarette?«

»Det is ja een Ringkampf!« – »Ick würd et ja vorher ausrufen lassen, daß ick fintieren will!«

»Hier noch die frisch kandierten Nußstangen!« – »Projramm jefällig? Wer noch keens hat und noch eens will, der schweige jetzt nicht still!« – »Diie deutschen Boxa in Wort und Bild ...«

»Die könn' sich ja gar nicht ausnacken, die ham ja nischt drin.« – »Bier! Halberstädter Würstchen, hier noch die ...« – »Ruhe!« – »Das Schiedsgericht – entscheidet ...«

Chor (zur Orchesterbegleitung): »Die Mädels von Java, die saagen niemals nein ...«

»Zijarren, Zijretten! Hier noch die ... deer Boxsport! Achtuhramtblatt!«

»Als nächste – Gegner – treffen sich ... Mittelgewicht ...«

»Photographen herunter!« – »Wech mit die Photojraafen!«

»Siehste den Nigger da links beim Pressetisch? Det ist Rocky Knight.«

»Bravo, Karle! Gib ihm Saures!«

»Nix drei Runden, sag ich Ihnen, nix drei Runden steht der Kerl mehr, darauf leg ich Ihnen lange Odds. Er ist ja schon groggy.«

»Mensch, halt man die Schnauze. Mit deen Gesabber von ‚groggy' kannste mir bloß wietend machen. In der vierten Runde wernse erst sehn, wie groggy der ist – das sowieso!«

»Peng! Det war een Schwinger!« – »Schau, der hat das linke Auge geschlossen.« – »Und noch eener ...«

Chor (aufgeregt): »Huuu ...«

Der Schiedsrichter: »Eins ... zwei ... drei ...«

Chor: »Bravo! Bravo!«

Gongschlag. – »Nix drei Runden, sag ich Ihnen, nix drei Runden steht der Kerl mehr, drauf leg ich Ihnen lange Odds.«

»Sie sinn woll Fachmann? Det sowieso!«

»Los, Karle! Au Backe!« – »Los, Schorsche! Jetzt hat der ooch das linke Auge anjeschlagen.«

»… weer noch keens hat und noch eens will …« – »Box man, Karle!« – »Rummelboxer!«

»Nix, drei Runden, sag ich Ihnen, nix drei Runden …«

»Mensch, et sinn ja bloß noch drei Runden … det sowieso!«

»Vossische Zeitung! – Die easte Morjenzeitung … – Hier noch die frisch kandidierten …«

»Jetzt hat er beide Augen geschlossen!«

»Ach, wat, der steht auch, wenn er die Hühneraugen anjeschlagen hätte! Der ist hart im Nehmen!«

»Das Schiedsgericht entscheidet …«

Chorus ecstaticus: »Pfui! Schiebung! Flasche! Nieder mit dem Schiedsgericht!«

»Hier noch die frisch kandidierten …«

»Bravo, Karle!«

Chor (zur Orchesterbegleitung): »Wo hast du denn die schönen blauen Augen her, die Augen her …«

»Diiie deutschen Boxa i Wort und Bild …« – »Wer noch keens hat und noch eens will …«

»Als – nächste – Geg – ner – treffen – sich … Schwergewicht …»

»Bravo!«

»… und …«

»Bravo!« – »Den Schiedsrichter mitfilmen!«

»Vossische Zeitung, diie easte Morjenausgabe!« – »Hier noch die frisch …«

»Maul halten!« – »Rauchen einstellen!«

Stille.

Gongschlag. Peng. Peng. Peng-peng.

Der Schiedsrichter: »Brechen!«

Totenstille. Peng. Peng.

Gong. Peng-peng. »Der sitzt!«

Gongschlag.

»Paule, jibs ihm!« – »Uppercut!« – »Een Dreck und keen Apperkött, Sie sin selba een Apperköt, det sowieso!« – »Paule, Paule!«

Schiedsrichter: »Eins ... zwei ... drei ...«

Das Publikum: »Huuuu ...«

Schiedsrichter: »Neuen ... zehn!«

»Huuuu! – »Bravo!« – Pfiffe.

»Ich sage Ihnen, wenn er gegen Breitensträter ...«

»Er hat keen Herz jehabt ...«

»Haben Sie e Herz, wenn Sie so e Leberhaken kriegen? ...«

»Bealiner Tageblatt, easte Morjenausgabe.« – »Hier noch die frisch kandierten Nußstangen.«

»Auf nächste Woche bin ich neugierig ...«

Chor (zur Musikbegleitung): »Laß 'n sausen, laß 'n sause...«

(1925)

Der, der das Radio sieht

Unter den Hunderttausenden, die mit angeschnalltem Kopfhörer oder vor dem Schalltrichter des Lautsprechers den Radiovorträgen lauschen, ist nur einer, nur ein einziger, der die Mitwirkenden auch erblickt. Dieser eine lebt im Verstärkerraum, gleich neben dem Vorführungssaal, in den er durch ein Fenster schaut, kaum fünf Schritte vom Mikrophon entfernt.

Er sieht den Conférencier zu den Massen sprechen (keineswegs fracklich angetan, sondern im Gegenteil, der Straßenanzug ist durch einen Leinenkittel geschützt), er sieht den Kapellmeister (in Hemdsärmeln) die (mit aufgeknöpftem Hemdkragen dasitzenden) Philharmoniker zum Fortissimo harangieren und sieht die (uralte) jugendliche Sängerin, die den Mund zum Schreien aufreißt, sieht all die übrigen akustischen Darbietungen, sieht sie genau, sieht sogar – der Zeiger hüpft auf der Skala des Voltmeters – die Stärke des Schalls.

Und hört keinen Ton. Das heißt: Er hört keinen Ton *direkt*. Sein Zimmer ist schalldicht vom Vorführungssaal getrennt, und das Fenster, durch das er guckt, ist ein festverschlossenes Doppelfenster.

Das, was er vorm Gesicht hat, gelangt auf einem Umweg zu seinem Gehör. Er hat eine lange Leitung. (...) Bei den Proben ist unser Mann dabei und gibt dem Regisseur oder dem Kapellmeister Winke, wenn überbetont oder unterbetont wird, und bildet, ohne sich auf eine Kritik des Künstlerischen einzulassen, als Techniker die oberste Instanz. Mehr noch bei der Aufführung: Da ist er der einzige Vertreter einer nach Hunderttausenden zählenden Hörerschaft, der einzige Sichtbare einer wahrhaft unabsehbaren, weil sichtbaren Masse.

Und die Hörspieler, die doch sonst Schauspieler sind und nunmehr vor leerem Haus ihre Künste entfalten müssen – kann man's ihnen verübeln, daß nur ihr Mund auf das hängende Mikrophon zielt, ihr Auge aber ängstlich-mißtrauisch-forschend-beifallheischend nach dem Fenster, wo der Mann von der Telegraphentechnischen Reichsanstalt, einem König Ludwig von Bayern gleich, das Parkett, die Logen und die Galerien ausfüllt ... ? Sein Lächeln erhöht, sein Nicken beglückt – alle für einen, einer für alle.

Und doch, Leser, Hörer und Spieler, glaubt nicht, daß er, der einzige, der sieht und hört, zu beneiden sei oder der richtige Kritiker oder auch nur der maßgebende Repräsentant des Publikums. Nein, er ist nicht beneidenswert, nein, er hat kein Urteil über die Wirkung und ist der unmaßgeblichste Mann der ganzen Hörerschaft. Warum? Weil er nicht nur hört, sondern auch sieht! Ihm gehen alle Illusionen verloren.

Er sieht, daß eine Badewanne mit Dusche den fernen Mithörern bald eine Meeresbrandung, bald einen Wasserfall, bald den Ruderschlag eines Bootes bedeutet und bald einen Wolkenbruch, während den Platzregen das Schütteln von Erbsen auf einem Tamburin sinnfällig ersetzt,

er sieht, daß den Donner des erzürnten Himmels ein dicker phlegmatischer Mann auf der Kesselpauke hervorbringt,

er sieht, daß es kein Dampfer ist, der in See sticht, und keine Fabrik, die Feierabend schrillt, und keine Lokomotive, die abdampft, wenn man aus der Kohlensäureflasche ein wenig Gas in die Metallpfeife strömen läßt,

er sieht, kein Eisenbahnzug fährt durch die Landschaft, sondern es wird bloß eine zerschnittene Grammophonplatte abgespielt, und sie bringt diesen ratternden Rhythmus hervor,

er sieht, das Auto, mit dem der reiche Onkel davonfährt, ist ein leer laufendes Motorrad, das den Krach auf dem Korridor besorgt, damit der Vorführungsraum nicht vollgestunken werde,

er, der nicht nur hört, sondern auch sieht, muß sehen, daß der rollende Bauernwagen gar nicht vorhanden ist, sondern vertreten wird von einem in den Händen des Inspizienten sich knackend biegenden Stück Wellblech,

und daß das Liebespaar, von dem die glücklichen Hörer vermeinen, es habe sich eben zur Umarmung vereint, bereits das Zimmer verlassen hat, und der beseligende Kuß vom Funkspielleiter inbrünstig auf die eigene Hand gedrückt wird,

er sieht, daß die Bauern in Tolstois »Macht der Finsternis« oder Anzengrubers »G'wissenswurm« nicht ungelenk in ihren schweren Stiefeln durch die Stube stapfen, sondern daß der Hilfsregisseur auf einem eigens hingelegten Bretterpodest trampelt, und daß die Kirchenglocken nichts sind als hängende aneinanderklatschende Metallröhren,

er sieht alle mitwirkenden Tiere als nicht existent, ein Geräuschklavier (mit dem Kosenamen »Meckermaschine« bezeichnet) zirpt als Grille, kräht als Hahn, wiehert als Pferd, zwitschert als Nachtigall, muht als Rindvieh, gackert als Henne und kläfft als Hund, und ein »Waldteufel«, der mittels Bindfaden durch eine Papphröhre zu ziehende Karton, besorgt das beängstigende Stöhnen des Löwen, nur manchmal zieht man für individuelle Tierrollen einen Tierstimmenimitator heran,

er sieht Windmaschinen, Regenmaschinen und andere Requisiten der Theaterkulisse und neue Erfindungen der Radiobühne, er sieht gleichmütige Gesichter in leidenschaftlichen Szenen, häßliche Darsteller in schönen Rollen, nachlässig gekleidete Damen in eleganten Rollen, das erregte Volk des alten Genua im modernen Straßenanzug »Rhabarber« murmeln und die Verschwörung gelangweilt dasitzen, einander das furchtbar klingende Geheimnis »Siebenundsechzig – sechsundsiebzig« zutuscheln,

ach, er schaut und durchschaut den ganzen Schwindel, er sieht, das ist genug des Unglücks, er sieht, wo andere nur hören.

(1927)

Sensations- und Erpressungspresse

Unsichtbar steht der sichtbare Tod an den Berliner Straßenecken. Aber seine Verkünder machen sich optisch und auditiv bemerkbar. Buden, vor denen fremdes Geld getauscht und getäuscht wird, Vermittler und Zutreiber, die Adressen von Kupplerinnen, Hasardklubs und nächtlichen Tanzvorstellungen ins Ohr flüstern, Agitatoren für die Monarchie und den Nationalsozialismus, halb ausgehungerte Liebespriesterinnen und Zeitungsverkäufer stehen an jeder wichtigen Kreuzung. Die Straßenhändler jedoch dürfen nicht mit Kolporteuren verwechselt werden, die durch die Straßen laufen und die Sensation des gerade erschienenen Tageblattes ausrufen müssen. Nein. Wer seinen Stand an einer belebten Berliner Ecke hat, ist unabhängig von Börsenkurs- Telegrammen und anderen Aktualitäten, braucht sich nicht abzuhetzen und zu brüllen, ist bereits Inhaber eines Warenhauses. Wenn dieses Warenhaus auch nur aus einem Holzgerüst besteht – die Auslage spricht für sich. Neben dem »Jungen Mann«, dem Blatt der eleganten Herrenwelt, dem »Faun«, dem Organ der lebenslustigen Damen, und dem sehr verbreiteten Organ der Homosexuellen, »Freundschaft«, strahlen in leuchtenden Farben die Titelblätter der illustrierten Zeitschriften und Modejournale.

Am merkwürdigsten und überraschendsten und nur in Berlin möglich ist die obere Reihe des Zeitungsstandes. Dort locken die fettesten Buchstaben und schreiendsten Titel, und die Sensationen, die in alle Welt ausposaunt werden, verlangen wirklich diese drucktechnische Aufmachung Es sind echte und wahrlich handfeste und unverblümte Schlüpfrigkeiten, dazu bestimmt, die niedrigsten Instinkte anzusprechen.

In der oberen Reihe hängen die in Berlin erscheinenden Revolverblätter. Hier macht sich mit Geschrei und Gestank die Winkelpresse breit, und der Großstadtmagen muß schon erstaunlich gut sein, wenn er diesen schmutzigen Teig verträgt, gegen den das »Echo Prahy« seligen Angedenkens wahrlich ein ehrbares Familienblatt war. Die Zeitungszensur ist in Deutschland in den letzten Wochen fast so streng wie in den schlimmsten Kriegszeiten. Rechte und linke Blätter werden unerbittlich verboten, wenn sie politische Angriffe drucken, die das übliche Maß überschreiten. Doch die Zensur versagt gegenüber der Revolverpresse, sie wird geduldet, ignoriert – es herrscht offenbar die Ansicht vor, daß diese Pressegosse dem Ansehen des Staates weniger schadet als ein belangloser Artikel über die Ereignisse in Küstrin.

An einem einzigen Zeitungsstand findet man ein halbes Dutzend offenkundiger Revolverblätter. Ihre Titel sind harmlos und nichtssagend, wie »Berliner Beobachter«, »Berliner Neueste Nachrichten«, »Berliner Nachtpost«, »Berliner Arena«. Bei einem Umfang von vier bis acht Seiten erscheinen sie zwei- oder dreimal wöchentlich und haben das übliche Zeitungsformat. Adresse und Telefonnummer der Redaktion sind angeführt, und dem Äußeren nach handelt es sich um ganz gewöhnliche Zeitungen. Aber gleich unter dem Kopf beginnt das Dekolleté der Unverschämtheit, das gar nicht widerlicher und zügelloser sein kann. Jede dieser Zeitschriften kündigt auf der ersten Seite ihren Inhalt an. Die »Berliner Arena« etwa so:

Die sexuellen Verhältnisse in der Familie des Kommerzialrates Bornemann.

Frau Kommerzialrat, Fräulein Illy Bornemann, Herr Friedrich Bornemann der Jüngere und der Chauffeur.

Orgien im Pensionat Elite, Motzstraße 6.

Die »Berliner Nachtpost« verspricht ihren Lesern in daumendicken Lettern Enthüllungen über die sadistischste Folterkammer in Friedrichstadt, über den Mädchenhändler Lesuer, über eine heikle Epidemie am Kurfürstendamm. Die »Großberliner Nachrichten« verkünden, daß sie aufsehenerregende Enthüllungen über Damenbesuche in J. Flußheimers Modesalon und über Nacktorgien im Filmatelier Baffa bringen.

All diese Blätter werden nach ein und demselben Rezept hergestellt. Täuschung, Unzucht und Erpressung bilden die Grundlage ihres Geschäfts. Die Täuschung besteht darin, daß sich die auf dem Titelblatt schreiend angekündigten sexuellen

Zeitungsverkäufer, 1932

Sensationen als harmlose, sogenannte pikante Feuilletons oder als populäre ärztliche Abhandlungen entpuppen, während der Unzucht in allen Schattierungen der Inseratenteil vorbehalten bleibt. Und die Erpressung? Der Revolver wird zumeist in der hinteren Hosentasche getragen, die Presse, über die hier gesprochen wird, hat ihn im Redaktionsbriefkasten.

Der Zensor mag wohl recht haben, wenn es ihm gleich ist, ob nun über den »Untergang der rassigen Weiber« oder über »Flagellanten im Zoologischen Garten« geschrieben wird. Unbegreiflich jedoch ist, daß er die Nachrichten des Redaktionsbriefkastens ignoriert. Einige Beispiele: Unter dem Kennwort »von Zodel« droht der »Beobachter«: Wir erklären hiermit, daß wir die uns zugegangenen Mitteilungen gegebenenfalls rücksichtslos verwenden werden. Wir erwarten von Edelleuten, daß sie die uns gemachten Versprechungen streng einhalten werden. Sonst legen wir nächstens in unserem Blatt die Geschichte des Herrn S. aus Dresden, den Hauskauf des Herrn von B. betreffend, dar.

Die »Nachtpost« scherzt unter der Chiffre »Neugieriger«: Auch wir bemerkten, daß Herr Generaldirektor P. nach der gestrigen Soiree im Palais Mercedes mit Fräulein Magda R. zu einem kleinen Hotel in der Kantstraße fuhr. Es wäre jedoch indiskret, wenn Sie Frau Generaldirektor darüber informieren ließen.

Und die »Arena« beruhigt einen Besorgten: Lore B. – Verjährt nach zehn Jahren, kein Grund zu Befürchtungen, wenn Sie uns besuchen.

In jeder Nummer einer solchen Zeitschrift gibt es einen zumindest zweispaltigen Briefkasten, und jede zweite noch so kleine Notiz enthält eine mehr oder weniger verhüllte Drohung. Bald wird mit einer Enthüllung aus dem Geschäftsleben gedroht, bald mit der Veröffentlichung privater Verfehlungen. Allerdings findet man die angedrohten Enthüllungen nur selten. Es ist verständlich, daß die Bedrohten die Redaktionen mit klingenden Beweisen zu überzeugen verstehen, es mit der journalistischen Pflicht, die Sittenlosigkeit zu bekämpfen, ausnahmsweise nicht so genau zu nehmen.

Vor einigen Jahren faßte die Staatsanwaltschaft den Entschluß, gegen solch ein Revolverblatt vorzugehen. Die angeklagten Redakteure des Blattes »Der Unabhängige«, darunter ein Hauptmann und ein Adeliger, wurden damals zu vier bis sechs Jahren Gefängnis verurteilt. In der Urteilsbegründung heißt es: »Bei der Straffestsetzung wurde in Betracht gezogen, daß die Handlungsweise der Angeklagten so gemein und unverschämt war, daß man sie für unmöglich halten könnte, wäre sie nicht so augenscheinlich. Die Gesetzgebung schaffte den Pranger als eine unsittliche mittelalterliche Institution ab. Nun aber haben sie die ersten drei Angeklagten, die nachgewiesenermaßen keiner ordentlich Arbeit nachgehen, zusammengetan, um einen modernen Pressepranger aufzurichten, an dem zahlungsfähige Personen gestellt werden sollen, die der erpresserischen Drohung nicht nachgeben. Das zeugt von einer so nie niedrigen Gesinnung, daß man von vornherein an eine hohe Strafe denken mußte. Gegen einen solchen Pressepranger, wo jeder befürchten muß, seine intimsten Familienverhältnisse ans Licht der Öffentlichkeit gezerrt zu sehen, kann sich schließlich niemand wehren.«

Das ist schon lange her. Inzwischen wurden die Pressepranger erneut aufgerichtet, und deren Büttel üben ihr schändlichstes Handwerk mit einer Unverschämtheit und einem Profit, der um so größer ist, je stärker die Not regiert. Klatsch, Sensationen und Schweinereien sind Bedürfnisse einer erotisch armen Schicht, liebesleerer Leute. Sie wollen sich jetzt rasch ausleben, weil alles schnell vergeht.

(1923)

Das Ende der Berliner Volkshochschule

Nachdem der Berliner Zoo seine Pforten geschlossen hat, folgt nun eine noch wichtigere Institution: Das Ende der Volkshochschule in Berlin ist fast besiegelt. Die Volkshochschule war ein Kind jener nachrevolutionären Wochen von 1918 und 1919, in denen man noch danach strebte, den Unterschied zwischen Republik und Monarchie durch kräftige und neue soziale Maßnahmen hervorzukehren. Jetzt aber, da die Angst vor der unmittelbaren Nähe des Bolschewismus geschwunden ist, erstarkt die Reaktion um so mehr, und jene sozialen Reformen werden wieder aufgehoben. Nun wird auch die Volkshochschule daran glauben müssen.

Die Volkshochschule wurde auf Grund eines Vertrages zwischen drei Beteiligten gegründet: der Stadt Berlin, den drei Berliner Hochschulen (der Universität, der Technischen Hochschule und der Handelshochschule) und den Beamten- und Arbeiterkorporationen, also zwischen drei sozialistischen Parteien und den freien Gewerkschaftsverbänden. Der Zweck des Vertrages bestand darin, daß die Gemeinde Berlin die finanziellen Mittel, die Hochschulen die wissenschaftlichen Mitarbeiter und die Arbeiter und Angestellten die Hörer stellen und das Vertrauen in die neue Institution stärken sollen. Der innere Aufbau war streng demokratisch. Die Hörer der einzelnen Kurse wählten den Vorsitzenden, und die Versammlung der Vorsitzenden entsandte ihren Vertreter ins Kuratorium, dem außerdem Vertreter der Lehrerschaft, der Arbeiterorganisationen sowie der städtischen und staatlichen Hochschulen angehörten.

Schon vor der Revolution fehlte es in Berlin nicht an Bestrebungen, die Volksbildung zu entwickeln. An erster Stelle sei die Humboldtakademie in ihrem Kreis genannt, deren Unterrichtsmethoden jedoch völlig veraltet waren: Es gab lediglich Vorlesungen, die von den Hörern mit der üblichen Passivität hingenommen wurden. Die Volkshochschule bezweckte demgegenüber nicht bloße Übermittlung von Kenntnissen, es ging ihr darum, die Hörer zu selbständigem Denken zu bringen; sie sollten selbst lernen, Tatsachen zu ermitteln und zu beurteilen. Deshalb wurde großes Gewicht auf die sogenannten Arbeitsgemeinschaften gelegt, das heißt auf Zirkel von höchstens drei Teilnehmern, in denen unter der Leitung eines Lehrers ein bestimmtes, genau abgestecktes Wissensgebiet erarbeitet wurde. Also ein auf Gegenseitigkeit begründeter Seminarunterricht fast nach sokratischer Methode mit Frage und Antwort. Der Arbeitsplan gliedert sich in sechs Hauptfächer:

1. exakte und angewandte Naturwissenschaften (Mathematik, Astronomie, Physik, Chemie usw.),
2. Biologie (Pflanzen-, Tier- und Menschenkunde),
3. Gesellschaftslehre (Geschichte, Recht, Staatswissenschaft und Ökonomie),
4. Geisteswissenschaften (Literatur, Kunst, Musik),
5. Philosophie (Religionswissenschaften und Pädagogik),
6. technische Fächer.

Der Direktor, der aus dem Dreierrat gewählt wurde, sollte die Funktion ein Jahr lang ausüben. Aber infolge der Unlust der betreffenden Hochschulstellen gegenüber den Bemühungen um eine Volksbildung war die Zahl der Kandidaten gering. So wurde Universitätsprofessor Merz, der Leiter des Instituts für Meereskunde, in drei nacheinander folgenden Jahren zum Direktor der Volkshochschule gewählt. Professor Einstein stellte sich zur Verfügung, doch er mußte seine Vorlesungen einstellen, weil der Vortragssaal bald zum Stelldichein neugieriger Damen aus Berlin W geworden war. Von den bekannteren Forschern gehörten zum Lehrkörper der Volkshochschule noch der Biologe Degener und der Ästhetiker Max Dessoir. Die Lehrer wurden vom Unterrichtsministerium ernannt, die Vorlesungen fanden in den städtischen und staatlichen Schulen in allen Stadtbezirken abends von 6 bis 10 Uhr statt. Der Durchschnittsbesuch betrug etwa 15 000 Hörer jährlich, bei den beschränkten Arbeitskursen eine enorme Zahl. Für das kommende Semester konnten zumindest ebenso viele Hörer erwartet werden.

In letzter Zeit jedoch macht die Stadt Berlin Schwierigkeiten. Sie weigert sich, ausreichende finanzielle Mittel zu gewähren. Im vorigen Jahr stellte sie der Volkshochschule einen Kredit von 600 000 Mark zur Verfügung, mit dem man bei großer Sparsamkeit der Verwaltung schlecht und recht auskommen konnte und mit dem 800 verschiedene Veranstaltungen finanziert werden mußten, darunter mehrere recht kostspielige, wie zum Beispiel die Aufführung der Bachschen Matthäuspassion mit der Philharmonie und dem Berliner Volkschor. Für das nächste Jahr bewilligte die Stadt wiederum 600 000 Mark, was in Anbetracht der Geldentwertung kaum ein Drittel des vorjährigen Betrags bedeutet und womit man nicht einmal die Verwaltungs- und Organisationskosten decken kann. Der Grund dafür wird wohl in der großen Finanznot der Gemeinde Berlin zu suchen sei, über deren Bankrott ständig gesprochen wird. Eine große Rolle spielt zweifellos auch das außerordentlich gespannte Verhältnis, das zwischen den sozialistischen und bürgerlichen Vertretern der Stadtverordnetenversammlung besteht. So haben die Vertreter der Volkshochschule nicht ganz unrecht, wenn sie in der stiefmütterlichen Behandlung ihres Unternehmens einerseits eine reaktionäre Maßnahme, andrerseits einen Racheakt von seiten der Mehrheit des Stadtparlaments erblicken.

Aus eigenen Mitteln kann sich die Volkshochschule natürlich nicht halten. Die Gebühr beträgt drei Mark pro Stunde, also durchschnittlich 50 bis 80 Mark pro Kurs. Ebensowenig können die Lasten dieses überparteilichen und nichtgewerkschaftlichen Unternehmens von den Arbeiterparteien oder von den Gewerkschaftsorganisationen getragen werden. Das Ende der Volkshochschule, die im geistigen Leben Berlin eine große Rolle spielte, ist also besiegelt. Auf welche Weise ihre Beisetzung erfolgen wird, steht noch nicht fest. Die Stadt setzt sich für die Vereinigung der Volkshochschule mit der Humboldtakademie ein, die zwar in wissenschaftlicher und pädagogischer Hinsicht keinen so guten Namen hat (ihr Lehrplan weist beispielsweise auch Kosmetik, Skifahren, Gartenbau, Tanzkunst usw. auf), die jedoch andrerseits den »Vorzug« hat, daß sie über keine demokratische Organisation verfügt. Nach einem solchen Zusammenschluß würden die Behörden streng autoritativ die Volksbildung auf ihr eigenes Gleis zwingen, was auch der Berliner Universität am angenehmsten wäre.

(1922)

Café Kandelaber mit Büchern

Von Woche zu Woche tauchen an den Kreuzungen der Berliner Straßen immer zahlreicher Karren auf, auf denen alte Bücher und Broschüren zum Verkauf ausgebreitet liegen und die außerdem ein Regal für neue Bücher haben. Früher konnte man ähnliche fahrbare Buchhandlungen nur hinter der Universität finden, etwa vier oder fünf an der Zahl, und die Studenten kauften oder verkauften dort ihre Lehrbücher. Jetzt gibt es kaum eine Ecke am Kurfürstendamm, an der Potsdamer Straße oder Friedrichstraße, wo nicht zwei oder drei dieser Antiquariate ihren Standort haben. In Prag kennt man fahrbare Teehäuser, die in der Nacht ihren Standort beziehen und Café Kandelaber heißen. Die Berliner »Café Kandelaber« unterscheiden sich von ihnen dadurch, daß sie zur Nachtzeit kein Geschäft machen und statt des abgestandenen Tees abgestandene Bücher anbieten.

Daß Buchläden auf offener Straße stehen, ist einigermaßen begreiflich. In die Wäscherei, die Bäckerei, zum Schlachter geht der Mensch, wenn er unbedingt etwas kaufen muß, was er nötig braucht. Und auch da mit einer gewissen Scheu, weil er mir nichts, dir nichts in fremde Räumlichkeiten eindringt. (Diese Scheu vor dem Einkaufen schilderte seinerzeit Jakub Deml in dem wunderbaren Buch »Pro budoucí poutníce {»Für künftige Pilger und Pilgerinnen«}.) Und erst in eine Buchhandlung! Leute, die notwendig Bücher brauchen, gibt es sehr wenig. Es fällt schwer, in eine Buchhandlung einzutreten, ohne zu wissen, was man kaufen will. Dem Damenpublikum schickt der Buchhändler Romansendungen zur Auswahl ins Haus. Warum? Haben die Damen, die so viele Romane brauchen, um die Zeit totzuschlagen, denn keine Zeit, in die Buchhandlung zu gehen? Buchhandlungen haben sich überlebt. Wir schämen uns fast einzutreten. Es ist charakteristisch, daß die meistgelesenen Bücher in – Papiergeschäften gekauft werden: abscheuliche Romane der idiotischen Courths-Mahler, Briefsteller, Traumbücher, Coupletsammlungen, Witzbücher. Und wäre der Verbrauch solchen Schunds noch so groß, der Buchhändler würde ihn gewiß am Halse haben. Die Scheu, eine Buchhandlung zu betreten, hat ihre Ursache nicht etwa in mangelnder Kauflust. Wenn Sie mit einem gerade gekauften Buch beispielsweise in ein Kaffeehaus oder in eine Gesellschaft kommen, so blättern es Ihre Bekannten durch und wollen es Ihnen abkaufen. Ist

Straßenhändler mit Bücherkarren, um 1930

es ein antiquarisches Buch, so bieten sie Ihnen oft den doppelten Preis. Bei Wanderverkäufern wird gekauft, die »Werke« der Conférenciers in den Kabaretts werden gekauft, aber nur selten wird beim Buchhändler in seinem Geschäft gekauft. Noch seltener geht man ins Antiquariat. Die Hoffnung, daß das jahrelang vergriffene, von Ihnen gesuchte Buch dort auf Lager sein könnte, ist gleich Null, und man hütet sich, auf gut Glück zu suchen, aus Furcht, nichts – oder zuviel zu finden. Deshalb schieben andernorts die Bookseller und Libraires ihre Lager in offenen, jedermann zugänglichen Kästen weit auf das Trottoir der New-Oxford-Street oder des Boulevards Saint-Germain, deshalb standen in der alten Prager Judenstadt einst die Antiquare vor ihren Buden in der Josefstraße, und deshalb bedecken die berühmten Bücherschränke der Bouquinisten die Wände des Kais am gesamten linken Seineufer vom Institut Français bis zum Quai d'Orsay.

In Berlin war das vor dem Kriege nicht nötig. Bücher waren spottbillig, das Gros der deutschen Lesergemeinde war gewissermaßen geistig uniformiert, die »Dame« las die Ullsteinbücher oder Bände aus der Leihbibliothek, der Student die Reclam-Bändchen, und was darüber hinaus gekauft wurde, war von der Tagespresse empfohlen. Mit dieser Orientierung ist es jetzt vorbei. Alles ist politisiert und parteilich chauvinisiert. Es werden Kriegsmemoiren angepriesen, die nichts über den Krieg aussagen, weil sie bloße Verteidigungen der Heerführer sind und weil sie über das Leben der Soldaten nichts mitteilen. Ein anderes Buch zu bestellen ist bei der schrecklichen Verteuerung zu riskant. Wer garantiert dafür, daß sich da Buch nach der ersten Seite nicht als völlig uninteressant herausstellt?

Die Buchhändler fühlten den Wandel der Zeit und schoben ihre Lager auf die Straße. Verkäufer fanden sich rasch: Intellektuelle, die nichts zu beißen haben, sind billig wie Brombeeren. Es gehört übrigens nicht viel Intelligenz dazu, auf der Straße zu verkaufen: Der Buchpreis ist innen auf dem Umschlag verzeichnet, und man muß die Waren nicht laut anpreisen. Deshalb hielt es ein Verkäufer, der kleine Dr. Anspach, an seinem Stand Ecke Bayreuther und Kleiststraße nicht lange aus, sondern zog es vor, Millionen an der Herstellung von diplomatischen Dokumenten und dem Engrosgeschäft damit zu verdienen. »Bücher kaufen die Diplomaten doch nicht«, sagte er zu seiner Verteidigung. Anfangs holten die Buchhändler aus den Kellerräumen die vergessenen Reste, die älteste Lagerware, und luden sie auf den Wagen. Es schien Ihnen, als wären Sie auf einen alten Friedhof geraten. Vergessene Namen – Namen längst Verblichener, längst Vermoderter. Und jeder Vernünftige, der die Grabschriften las, erkannte sofort, daß von diesen Toten nur herzlich wenig Hoffnung haben, am Jüngsten Gericht von den Toten aufzuerstehen. Es sind Bücher von Selbstkostenverlagen, deren Autoren seither längst bewiesen haben, daß sie kein Talent besitzen, oder als Kriegslyriker beziehungsweise Hetzjournalisten ihr wahres Wesen enthüllten, entlarvte Plagiatoren, Erpresser ... Diese Bücher jedoch sind billig, sie kosten zwei bis drei Mark, sind also billiger als Zeitungen, allein das Papier ist mehr wert oder das in ihnen befindliche Exlibris. Deshalb werden die Bücher gekauft, von Leuten, die nichts verstehen oder auf die Elektrische warten. Je weniger ein Autor früher gekauft wurde, je schneller seine Bücher beiseite gelegt wurden, desto mehr liegen sie heute auf dem Bücherkarren, desto mehr wird sein Name gelesen, desto mehr wird er gekauft, desto populärer ist er. Auch ich bin dort vertreten, mit der unglaublich anspruchslosen Novellensammlung »Der freche Franz«, die ich in meiner Kindheit im längst eingegangenen Hugo Steinitz Verlag in Berlin herausgab und die gottlob niemand gelesen hat. Aber nichts ist so verborgen ... Jetzt muß ich meine Jugendsünden abbüßen. Es gibt Familien, die mich kennenlernen wollen, sie laden mich ein und sprechen dann einen halben Abend über meinen »Frechen Franz«. Und ich muß, wenn mir das Abendbrot schmeckt, gute Miene zum schlechten Buch machen.

Dank den guten Geschäften, die die fliegenden Buchhandlungen machen, werden die Büchergestelle immer leerer, und die vergessensten Autoren werden bald wieder vergessen sein, und zwar für immer. Neuen Schriftstellern entsteht neuer Ruhm auf den Bücherkarren. Es taucht eine Literatur auf, sehr verdächtig, das sie speziell für das »Café Kandelaber« gedruckt wurde, Spiritismus, Kriminalromane, Pikanterien. Diese Bücher werden weder an frischer Luft, im Regen oder in Gottes Sonne noch in den Händen lesender Passanten besser. Sie sind wie geschaffen, das Licht der Welt zu erblicken und bald irgendwo verscharrt zu werden, von wo sie kein Leichenwagen mehr wegschaffen und kein Bücherkarren mehr retten kann. Nein, diese kühne Literatur wird ihren Autoren in zwanzig Jahren keine Einladung bescheren, mögen sie dem Verfasser des »Frechen Franz« jetzt auch noch so viele Abendbrote wegessen.

(1922)

Die Verarmung und Bereicherung der Berliner Straßen

Die elektrischen Uhren, System Urania, die an den U-Bahn-Stationen und den Straßenecken leuchtend hingen, entsprachen allenfalls dem Tempo und dem Charakter des Vorkriegsberlins: Carpe horam! Jetzt werden sie heruntergeholt; die Kohlennot, der Stromverbrauch und die Unterhaltskosten sind der Grund dafür. Schade!

Auch die »Rotunden« werden allmählich geschlossen, die Häuschen jener Stiftung, zu der vor hundertsiebzig Jahren der originelle und tapfere Journalist Sebastian Mercier in Paris zum allgemeinen Ärgernis und Ergötzen mit seinem flammenden Aufsatz in den »Tableaux de Paris« den Anstoß gab. Aber was für ein Paris ein notwendiges Übel gewesen war, das war für das Vorkriegsberlin eine in die tägliche Stundeneinteilung einbezogene Institution. Der Berliner, der sich nicht Zeit zum Essen läßt und keinerlei Sinn für Liebe, Kaffeehaus, Konditorei, also für irgendeinen Genuß, hat, hatte auch keine Zeit und keinen Sinn für etwas anderes als für seine Geschäfte. Und unter Ge-

Zeitungsverkäuferin am Kurfürstendamm, Ende 1920er Jahre

schäft verstand er nur das, was ihm etwas einbrachte. Für andere Geschäfte bediente er sich der Rotunde, die ihm auf dem Wege vom Mittagessen zur Werkstatt am nächsten lag. So hatte zwar jede Rotunde ihre Stammgäste, aber von Stammgästen, denen die Liebe abgeht, läßt sich auch bei bescheidensten Ansprüchen nicht leben.

Der hochpolitische Redakteur Theodor Wolff schlug in einem grundrichtigen Leitartikel die Stillegung der Berliner Straßenbahnen vor, indem er auf die Riesensummen hinwies, die die Schienen und die Weichen und die Waggons verschlingen, alles Kosten, die bei Autobussen nicht erforderlich sind. Jetzt wird sein Antrag ernstlich erwogen, neue Autobusstrecken sind bereits in Betrieb, und vielleicht wird Berlin bald die erste Großstadt der Welt ohne elektrische Straßenbahn sein.

Zu viele anderen Einschränkungen des Straßenverkehrs gehört auch, daß der Hunde letztes Stündlein geschlagen hat. Sie haben zuviel gegessen, und so werden sie jetzt selbst gegessen, die Zeiten sind hundsmiserabel. Die Bautätigkeit, die, zumindest, was das Aufsetzen von Stockwerken betrifft, ziemlich rege war, setzte völlig aus seit der Besetzung des Ruhrgebietes im vorigen Monat und seitdem die Mark und die Preise so stark gestiegen sind, daß man auch für Kronen nichts Anständiges mehr kaufen kann.

Und doch verzeichnet der Berliner Straßenverkehr eine Bereicherung, und doch wird noch was gebaut: An allen Ecken und Enden entstehen »Dollarhäuschen«, Häuschen aus Glas mitten auf der Straße, wo fremde Währung gewechselt werden kann. An lebhaften Kreuzungen, Ecke Leipziger und Friedrichstraße beispielsweise, Ecke Nürnberger und Kleiststraße, stehen sie mitten auf dem Fahrdamm. Sogar auf der heiligen Straße Unter den Linden, die die Elektrische nur unter der Erde kreuzen darf, wurde eine ähnliche Dollarbude errichtet, am sogenannten Kranzler-Eck vor dem Café Bauer, wo sich vor dem Krieg der teuerste Bauplatz der Welt befand. Auch in den entlegensten Vororten wurden diese Wechselstuben in den Weg gestellt. Sie sind ständig voller Leute, und weil darin wenig Platz ist, drängen sich auch draußen viele. Sie sind Ersatz für die »Rotunden«, sie sind die modernen Bedürfnisanstalten, und deren Errichtung kein Aufruf eines Sebastian Mercier nötig war. Sie sind aber auch ein Ersatz für die verschwindenden elektrischen Normaluhren. Hier erhältst du die modernen Zeitangaben, sie werden direkt von der modernen Sternwarte aus eingestellt, die Börse gibt ununterbrochen die Kurse durch … Hier werden Lei, Peseten, Pfunde, Tschechokronen, polnische Mark und Wiener Kronen, Dollar und Yen gewechselt, hier wird die Nietzschesche »Umwertung aller Werte« vollzogen, deren Tempel sie sind. Daneben steht eine dem Untergange geweihte »Rotunde«, die Tür »Für Herren« ist geschlossen, die Tür »Für Damen« ist geschlossen, und nicht einmal ein Hund hebt an der Wand das Bein. Es gibt keine Hunde mehr, und gäbe es welche, so würden sie zum Dollarhäuschen laufen …

Eine weitere, ebenso bedeutende Neuerung des Berliner Straßenlebens ist die Flut der Bettler, die geradezu ins Maßlose ansteigt. Wenn du bei Krziwanek, bei Berg oder bei Krátky oder in einem anderen jener Restaurants sitzt, die zwar gut, aber doch nicht so vornehm sind, um einen Portier zu beschäftigen, so passiert es dir fast regelmäßig, daß du dich zwischen Suppe und Mehlspeise von mehr als einem Dutzend Bettlern, Müttern mit Säuglingen, zitternden Kriegsinvaliden, Greisen, Kindern, Streichholz- und Ansichtskartenverkäufern loskaufen mußt, die alle ihren hungrigen Blick in dein Gulasch bohren. Wenn du dann abends das Kino oder das Theater in der Königgrätzer Straße verläßt, wo Čapeks »Aus dem Leben der Insekten« immer noch als die einzige Sensation Berlins gespielt wird, strecken sich dir halbe Arme und halbe Beine wie Querhölzer eines Tourniquets entgegen ... In der Tauentzienstraße geht plötzlich Seite an Seite mit dir ein junger Mann, er versucht zu sprechen, was ihm nicht gelingt, doch plötzlich bringt er das Wort »Hunger« heraus. Sie schenken ihm etwas, worauf er selig dankt. »Ich bin arbeitsloser Schauspieler, Sie haben Ihr Geld nicht für einen Betrüger hinausgeworfen. Ich habe Wedekind und Strindberg gespielt – wenn Sie wollen, so trage ich Ihnen jede beliebige Wedekindsche Rolle vor, damit Sie wissen, daß ich kein Lügner bin ...« Er kommt jedoch nicht mehr dazu, denn von der anderen Seite nähert sich ein etwa zwölfjähriges Mädchen: »Schenken Sie mir etwas, Mutti hat Hunger.« Nachdem sie einen Schein erhalten hat, sagt sie mit einem tiefen Seufzer: »Haben Sie zu Hause etwas zu essen? Ich würde mit Ihnen gehen ...«

So ist es nicht nur zu einer Verarmung, sondern auch zu einer Bereicherung des Berliner Straßenlebens gekommen.

(1923)

Teueres Bedürfnis

In der Berliner Stadtverordnetenversammlung gab es diese Woche eine Debatte, die in dieser Form zu monarchistischen Zeiten nie möglich gewesen wäre. Kaiser Vespasian hätte beispielsweise mit dem schlichten Wort »non olet« allen Einwänden ein Ende bereitet, und alle Gymnasiasten müßten noch nach zweitausend Jahren diese zwei Wörter als Ausfluß der kaiserlichen Weisheit lernen, mit denen dekretiert wurde, daß etwas nicht stinkt. Der Berliner Stadtrat ist in dieser ästhetischen Erkenntnis nicht so einig, man spricht dort nicht lateinisch, man spricht dort auch nicht in so knappen Worten, und so kam es zu der Debatte.

Es ging um … Nun, an vielen Straßenecken und Plätzen stehen solche kleinen Häuschen, die in Berlin rund sind und die man hier Rotunden nennt. Diese Häuschen gehören der Stadt, und der Stadtrat mußte im vorigen Jahr für ihren Unterhalt 5 700 000 Mark ausgeben, wohingegen die Einnahmen lediglich anderthalb Millionen Mark betrugen. Doch nicht genug damit. Die Kosten für Reinigungsmittel und Reparaturen und die Lohnansprüche des Bedienungspersonals steigen so sehr, daß – wie der Budgetberichterstatter betonte – im nächsten Jahr die Unterhaltskosten um weitere fünf Millionen anwachsen werden und, sollte die Entwertung der Mark fortschreiten, noch mehr. Oder man wird die Häuschen schließen müssen, wie es bereits im Berliner Vorort Wilmersdorf geschehen ist. Die Stadt Berlin muß für jeden Besucher eines solchen Häuschens nicht weniger als drei Mark zuzahlen. Das ist ein unhaltbarer Zustand. Der Berichterstatter schlug deshalb vor, das Eintrittsgeld auf sechs beziehungsweise auf drei Mark zu erhöhen und die Wände für Reklame zu vermieten.

Der Antrag, das Eintrittsgeld zu erhöhen, beschwor einen Sturm herauf, wie ihn das Rathaus in der Königstraße schon lange nicht mehr erlebt hat. Die Sprecherin der Deutschen Volkspartei, Frau Klara Reitzenstein, betonte nicht zu Unrecht, dieser Antrag bedeute, daß Frauen mehr belastet würden als Männer; die Männer verdienten mehr und die ganze Welt stehe ihnen offen, und obendrein hätten sie solche Vorurteile, daß sie für viele Kleinigkeiten nichts zu zahlen brauchten, während jede Frau Unsummen ausgeben müsse, wenn sie sich außerhalt des Hauses vor einem Spiegel die Frisur ordnen, den Hut richtig aufsetzen oder etwas anderes an ihrer Toilette verbessern möchte. Gewiß sehe ich ein, sagte Frau Reitzenstein, daß es untragbar ist, für jeden Besuch der Rotunde drei Mark aus öffentlichen Mitteln zuzuzahlen, denn sonst könnte eine revolutionäre Partei es ihren Mitgliedern zur Pflicht machen, möglichst oft die Rotunden zu benutzen, um den Bankrott Berlins und die soziale Revolution herbeizuführen. (Zwischenrufe von rechts: Sehr gut! Weg mit den Juden!) Aber es ist auch zu bedenken, daß nicht nur der Kursverfall der Mark die Preise so entsetzlich ansteigen läßt, sondern auch die durch diesen Kursverfall hervorgerufene Überflutung Deutschlands durch Ausländer, die alles aufkaufen … (Zwischenruf: Sie kommen überhaupt nur her, um die Rotunden zu benutzen!) Frau Reitzenstein fährt fort: Wenn ich auch nicht so weit gehen will, zu behaupten, daß die Ausländer deshalb herkommen, so benutzen sie doch unsere Verkehrsmittel und Einrichtungen, um uns arm zu machen. Warum sollen wir ihnen das erleichtern? (Zwischenruf: Weg mit den Erleichterungen!) Ich sehe keinen Grund, warum man für Ausländer nicht die Tarife erhöhen sollte, während für die Berliner Bevölkerung das Fahrgeld und die Gebühren wie bisher bleiben könnten. (Sozialistischer Zwischenruf: Allerdings gegen den Ausweis der Deutschen Volkspartei!) Frau Reitzenstein an die Sozialdemokraten: Sie ziehen natürlich immer an einem Strang mit den Feinden! (Zwischenruf: Aber je nach Bedarf.) Die Rednerin gab zum Schluß der Hoffnung Ausdruck, der gesunde Instinkt des deutschen Volkes würde den richtigen Ausweg aus der gegenwärtigen Krise finden und jede unbesonnene Bewegung auch weiterhin unterdrücken. (Zwischenrufe »Heil« und Beifall.)

Der Stadtverordnete Dr. Friedenthal (ein unabhängiger Sozialist) sprach sich gegen die völlige Abschaffung der Gebühren und für die Abschaffung der Klassenunterschiede aus. Er stellte in dieser Richtung einen Dringlichkeitsantrag, dessen Dringlichkeit jedoch mit Stimmenmehrheit abgelehnt wurde.

Nach dem Schlußwort des Stadtrates Dr. Karding wurde beschlossen, die ganze Sache in die Hände eines Privatunternehmers zu legen, der die Unterhaltskosten durch Reklame an den Außen- und Innenwänden decken könnte. Ein Nachtragsantrag der Linken, das maximale Eintrittsgeld festzulegen, wurde abgelehnt, worauf die Linke den Verhandlungssaal verließ. Aus ihren Reihen war der völlig richtige Zwischenruf zu hören: »Wer kein Millionär ist, wird sich bald nicht den geringsten Genuß mehr leisten können.«

(1922)

Zum alten Eisen!

Gewiß, es mag einem gemütvollen Menschen schwerfallen, angesichts eines geborstenen Emailletopfes tiefsinnige Betrachtungen über die Vergänglichkeit aller irdischen Herrlichkeit zu vermeiden. Aber der Schrotthandel ist eine rein kaufmännische industrielle Angelegenheit, ohne eine genügende Anzahl von zerbrochenen Gefäßen angedeuteter Art könnte die Schwerindustrie nicht fett werden, und mit solchen Dingen treibt man keine Metaphysik. Bleibet sachlich!

Frage: Wo sind diese Alteisenlager zu finden? – Antwort: Sie sind meistens an den Güterbahnhören zu finden, besonders in der Nähe des Lehrter, des Schlesischen und des Nordbahnhofs.

Frage: Wie sind die Plätze? – Antwort: Diese Plätze sind sehr groß. Die Mauer der Straßenseite läßt ein Tor offen, breit genug, daß auch ein querbeladenes Fuhrwerk einkehren kann; die Grenze jenseits ist nur ein Zaun, kaum höher als die Eisenbahnwaggons, die oft dahinter stehen und durch den Nabelstrang eines Nebengleises mit dem nächsten Bahnhof verbunden sind.

Frage: Was ist in der Bude neben der Einfahrt? – Antwort: Das Kontor. – Und die Falltür davor? – Die Fuhrwerkswaage. – Was bedeutet dieses Holzgerüst einer Pyramide? Ist's ein Trigonometer oder ein Galgen? – Keines von beiden, es ist das Fallwerk: Von der Spitze der Holzpyramide hängt eine Eisenbirne, die unbarmherzig niedersaust, das hier eingelieferte Material zu zerschmettern. Ja, diese ungeschliffene Guillotine ist aus Eisen, vom selben Fleisch und Blut also wie das, was sie tötet, und so scheinheilig sie auch blickt man erinnert sich jenes Leithammels, der im Schlachthaus von Chicago Hunderttausende von Stammesgenossen über die Brücke führt, der Mordwaffe des Metzgers entgegen und selbst immer heil bleibt. Bis eines Tags der undankbare Kapitalist auf besagten Hammel zurückkommt und auch ihm das Messer wetzen läßt. Harte Birne, Eisenbirne, dich auch schlägt man dort einmal ... Zum Zerschlagen kleinerer Gußstücke reicht ein Hammer aus.

Silberne Hügel glänzen, spiegeln und glitzern, daß es eine Art hat: Es sind Weißblechabfälle, Ecken und Überbleibsel von Schokoladepackungen, Konservenbüchsen, Zigarettenschachteln, Biskuitdosen, aus den Fabriken als Abfall ausgekehrt und auf dem Schrottlager allmählich anwachsend zu einer Waggonladung, die in das große westfälische Entzinnungswerk fahren kann, um dort den glänzenden, spiegelnden, glitzernden Belag zu verlieren. Das Werk aber gewinnt ihn. – Einige dieser Silberhügel sind wie mit Rauhreif bedeckt – nein, nicht bedeckt, es scheint, als bestünden sie aus nichts anderem denn aus dem feingewobenen Spitzenwerk des Rauhreifs. Das sind gestanzte Blechabfälle – Konturen von ausgeschnittenen Rechtecken und Quadraten oder »Rondelle«, Ränder von Ellipsen und blecherne Kreise.

Die roten Kuppen erinnern euch an das welkende Laub der Ardennen, an den achtzehnten Herbst des zwanzigsten Jahrhunderts. Aber hier (am Wedding oder in Moabit) stammt das Braunrot nicht von welkenden Blättern, sondern vom Rost. Es fehlt nicht an Andenken aus der eisernen Zeit, die dort auf den Waldwegen umherlagen, es fehlt nicht an geborstenen Granathülsen, zerbrochenen Gewehrverschlüssen und Schutzschildern dahingeschiedener Maschinengewehre; über eine Partie von Krankenbahren äußert sich der Meister des Schrottlager recht abfällig, da sie fast nur Holz sind, spärlich beschlagen, und sich das, was man für Rost halten könnte, bei näherer Betrachtung als simpler Blutfleck erweist.

Von der Müllablade hierher gebracht, noch nicht sortiert, erheben sich Berge, bald mit sanfter Steigung, bald mit schroffem Abfall – dem Abfall aller Hauswirtschaften Berlin, zerrissene Siebe, verbeulte Kochtöpfe, eine vorsintflutliche Nähmaschine, kaputte Badeöfen, löchrige Kessel, ramponierte Kannen, verkrümmte Klosettschüsseln, schartige Kohlenschaufeln, überstrapazierte Bettstellen mit zerfetztem Draht, Gabeln und Messer, abgeladen von einem, der nun von der Hand in den Mund leben muß ...

Wohl schweigt dieses Gebirge, aber es ist keineswegs stumm. Die Sprache des Eisens, das Klirren und Knirschen und Dröhnen, ist das einzige, was sich der Schutt bewahrt hat, der jahrzehntelang alle Hammerschläge und Höllengluten des Fabrikbetriebes ausgestanden, müde, mürbe und rostig geworden ist. Er wartet nur darauf, die erzene Sprache wieder zu sprechen: Wirft man etwas auf den Haufen oder betritt man einen der Berge, dann knirscht und klirrt und dröhnt es ...

Es gibt auch Kostbarkeiten: Der Meister des eisernen Abraums erzählt von unsagbar kostbaren Bronzen, die er glückselig fand, sauber putzte und daheim auf der Sofakante aufstellte, zum Beispiel einen Ritter, der sicherlich der Ilsenburgschen Kunstgießerei entstammte und neu zehn Mark gekostet haben kann, wenn nicht mehr. Also sucht ihr nach Kunstschätzen und findet einen Staubsauger, Modell 1880, mit zwei rotierenden Blasebälgen und zwei Kurbeln, die von zwei Menschen gleichzeitig zu drehen sind. Ihr entdeckt den Torso eines Kronleuchters, das Türschild des Rechtsanwalts Fritz Friedmann, Sprechstunde zwei bis fünf Uhr, und ein Schild, von dessen Eigentümer ihr den Namen nicht kennet: »Achtung! Selbstschüsse!«

Ein Gitterfenster ist auch da, mit ganz dicken, dicht gekreuzten Stäben, wer mag wohl an ihnen gerüttelt haben, wer schaute, gefangen, durch sie in die freie Welt? – Aber ihr seid gewarnt, keine Betrachtungen anzustellen.

Zu Haufen geschichtet, in Holzverschlägen – die der Schrotthandel Bansen nennt – und in gedeckten Baracken, ist der nach Kategorien geordnete Abfall.

1. All das, was sich je nach dem Bedarf der einzelnen Unternehmungen bei Ansammlung eines genügenden Quantums verschicken läßt: Kernschrott, Brockeneisen, Drehspäne, Blechpakete, Schmelzeisen und – als allerallerletztes – das Ausschußschmelzeisen (an dem sich der Hochofen den Magen verdirbt) sind die Hauptsorten für die Eisenhütten; Maschinenguß, Ofenguß, Topfguß, Roste und Blechabfälle brauchen die Gießereien.

2. All das. Was sich noch spezialiter verwenden, vom Lager weg an Interessenten verkaufen läßt, also eigentlich noch nicht Schrott ist, sondern erst ein mit Wartegebühren beurlaubtes altes Eisen.

Die Wohnräume von Gruppe 1 sind nahe an der hölzernen Hinterwand des Lagerfeldes, auf daß sie direkt in den Waggon geschaufelt werden können, nachdem sie »ofenrecht«, das heißt für Mund und Magen des adressierten Martinsofens aufnahmefähig gemacht worden sind, was durch Zertrümmern, Zersägen, Entzweischweißen, durch Bündeln und Pressen geschieht.

Bei kleineren Maschinen ist die Trennung zwischen Alteisenhandel und Maschinenhandel nicht so unerbittlich streng vollzogen, und wenn ihr die Halle eines größeren Schrottplatzes durchwandert, so glaubt ihr im Maschinensaal einer Fabrik zu sein, wenn auch an der langen Reihe der Drehbänke, der Bohrmaschinen, Hobel- und anderer Werkzeugmaschinen keine Arbeiter stehen.

Nicht nur Werkzeug ist für neuen Bedarfsfall geordnet, sondern auch Material – eine industrielle Reservearmee aus Eisen. Wie ein Vertikalschnitt des Meeres wirkt das übereinandergelegte Wellblech, das eines Tages abgeholt werden und eine Laubenkolonie bedachen wird. Eine Partie Lokomotivsiederohre hat ihren Dienst beendet – jetzt befreit sie ein elektrisch betriebener Hobel vom Kesselstein, und bald werden sie als Pfosten eines Parkgitters fröhliche Urständ feiern. Jene Straßenlaternen werden kaum Straßenlaternen bleiben, keinesfalls in Berlin, aber den Kistenbändern, die sich wie ein Schlangennetz auf einem Haufen durcheinanderwinden, kann die oft genug eingehämmerte Hoffnung auf Wiedereinsetzung nicht getrübt werden. Unmöglich vorherzusagen, in welcher Weise die Stäbe, Winkeleisen, U-Eisen, Träger und Lokomotivachsen ihre Lebenswanderung vollziehen werden; ein heiterer und angeheiterter Hufschmied lädt sie auf seinen Wagen, immerfort Witze reißend, was euch nicht verlocken darf, ihn als Mann von altem Schrot und Korn zu bezeichnen, obwohl der erstere naheliegend und der letztere aus seinem Munde zu spüren ist.

(1928)

Die Untergrundbahn

Sie ist wohl ein wesentliches Kennzeichen der Großstadt: Oben auf der Straße ist kein Platz mehr für die Menschen. Noch weniger für jagende Wagen, für elektrisch angetriebene Züge. Und so fahren sie unter der Erde durch einen einzigen Tunnel, der die ganze Stadt unterhöhlt, sie fahren (ohne durch im Wege stehende Häuser, in entgegengesetzter Richtung rasende Automobile, den Weg kreuzende Wagen, spielende Kinder, sich liebende Hunde, unvernünftig ausweichende Frauen, die Hände hebende Verkehrspolizisten, durch Fußgänger, Geländer, Omnibusse und Feuerwehrmänner, Verkehrsvorschriften und andere Verkehrshindernisse aufgehalten zu werden), sie fahren, mag geschehen, was da will, immer weiter, geradewegs und im gleichen Abstand. Ihre Parole lautet: Überspringe nicht, übersteige nicht, sondern krieche unten durch!

Die Stadt jagt dir über dem Kopf davon, du siehst nichts von ihrer Hast, kein Schaufenster lockt dich, kein Bekannter ruft dich, nichts hält dich auf. Du liest deine Zeitung, und es ist, als wärest du in München in den Schlafwagen eingestiegen und solltest in Venedig aussteigen … Ich höre Sie sagen: »Na, na, nur nicht übertreiben!« Aber der Kontrast ist fast so, wenn man die Erdoberfläche inmitten der schönen Villen des Schöneberger Stadtparkes verläßt und erst wieder draußen in Rummelsburg um sich blickt, umringt von Proletarierkasernen, verrauchten Fabriken und erschreckend kleinen Kindergestalten. Natürlich mußt du während deiner Fahrt eifrig die Zeitung gelesen haben, sonst hättest du längst den Übergang aus der Friedenswelt des Wohlstands in die Kriegswelt des Jammers bemerkt. Denn nur wenige Leute fahren die ganze Strecke. So absolviert man den Weg vom Reichtum zur Armut und *vice versa* nicht in einem

Der Belle-Alliance-Platz, 1929

Zuge und kommt vom Berliner Westen nicht unmittelbar in den Berliner Osten. Die meisten fahren durchschnittlich fünf bis sechs Stationen: Von seiner Villa im Westen fährt der Chef ins Geschäft in die City, vom Geschäft in der City fahren die Kontoristinnen, die Verkäufer und Lehrlinge in ihre Wohnungen am Alexanderplatz, und aus den Lagerräumen, Geschäftshäusern, Schlupfwinkeln und Polizeigebäuden am Alexanderplatz fahren die übrigen Leute in die östlichen Vororte.

Viele Jahre gab es nur eine Umsteigestation, und zwar Gleisdreieck. Auch heute noch ist es einer der wichtigsten Begriffe der Berliner Umgangssprache: Wir treffen uns Gleisdreieck, man fährt über Gleisdreieck, man steigt Gleisdreieck um. Aber Gleisdreieck wird nicht ausgestiegen. Denn die Haltestelle schwebt in der Luft. Unten sind keine Menschenhäuser, unten bewegen sich lediglich Maschinen. Unten liegt ein großes Areal von Güterbahnhöfen, ein Meer von Schienen, in der Dämmerung von kleinen Leuchttürmen beleuchtet, durchquert von Tausenden von Schiffen auf Rädern, die durch Bojen, hier Weichen oder Semaphore genannt, geregelt werden – ein Meer von Festland. Der Potsdamer Bahnhof mündet hier und unser Anhalter Bahnhof und der Vorstadtbahnhof, Züge aus Hamburg, Köln, Aachen, Straßburg und Paris, Züge aus Halle, Frankfurt, Basel, Leipzig, Dresden, Prag und Wien fahren hier ein und aus, drehen um und rangieren. Hier unten befindet sich sozusagen der Makrokosmos des Verkehrs, während das Gleisdreieck dem Mikrokosmos der Untergrundbahn vorbehalten ist. Oben ist nur Alltäglichkeit, unten aber ist die Welt. Auch hier gibt es keinen jähen Übergang. Man kann nicht an der U-Bahn-Station Gleisdreieck aussteigen und aufs Dach des vorbeifahrenden Orientexpresses springen, wie es die Kinohelden tun. Entweder – oder. Du mußt dich entscheiden: *urbi aut orbi.*

Nur einmal vollzog sich ein ungeahnter Übergang aus der kleinen Welt des Stadtverkehrs in die große Stadt des Weltverkehrs: am 26. September 1908 um drei Viertel zwei nachmittags. Datum und Stunde sollen exakt sein, weil sie in der Geschichte der U-Bahnen eine lehrreiche Rolle spielen. Bis zu diesem Tage kam dem Gleisdreieck keine besondere Bedeutung zu, weder als Haltestelle noch als Umsteigestation, das Publikum kümmerte sich nicht darum, sondern nur die Ingenieure, die es erbauten, und die Beamten, die den Verkehr regelten. Es war ein sphärisches Dreieck, in dem die aus drei Richtungen kommenden Züge der U-Bahn in verschiedene Richtungen gelenkt wurden. Aber an jenem verhängnisvollen Tage stießen durch das Verschulden eines Führers, die Verspätung eines Zuges und das gleichzeitige rätselhafte Versagen einer Weiche zwei Züge zusammen, und ein

Der Potsdamer Platz von oben, 1926

Waggon stürzte in die Tiefe, in das Reich des Fernverkehrs, wobei achtzehn Personen ums Leben kamen. Seit diesem verhängnisvollen Zusammenstoß gibt es keinen direkten Verkehr mehr, sondern nur Umsteigen aus verschiedenen Stockwerken und nur Schienen auf verschiedenen Viadukten. Und es gibt auch kein Unglück mehr.

Aber Sie sehen, gleichzeitig mit diesen vorbeugenden Reformen fand auch die Alleinherrschaft der Untergrundbahn ihr Ende. Der Passagier wünscht keine Vorsicht, er wünscht nur Hast. Das Berliner Tempo verträgt keine Rücksichtnahme auf die Möglichkeit eines Unfalls. Man will sich in den Zug setzen, die Zeitung oder die Akten durchstudieren und, ist man damit fertig, an Ort und Stelle sein. Umsteigen – das ist nichts für Berlin. Gerade wurde eine neue Strecke der U-Bahn eröffnet, die vertikal zur alten führt, also von Norden nach Süden. Doch sie ist wenig frequentiert, weil man nahe der Leipziger Straße zwei Minuten durch einen Tunnel laufen muß, bevor man zur Bahn mit der nächsten Verbindung gelangt. Leute, denen es bereits zuviel ist, am Nollendorf- oder Wittenbergplatz beim Umsteigen über Treppen zu gehen, wollen nicht zwei Minuten zu Fuß laufen. Die Untergrundbahn ist ein wesentliches Kennzeichen der Großstadt, aber dieses Kennzeichen ist in Berlin immer weniger kenntlich. Man fährt lieber im Autobus, der zwar sich, aber nicht die Leute aufhält, die in ihm sitzen. Berlin hat keine Zeit: keine Vergangenheit und keine Zukunft. Und hat nur eine Gegenwart, die trübe ist, weil niemand umsteigen will.

(1923)

Sprecherlaubnis

Wissen Sie schon, daß es in Berlin, im Zentrum Berlins, ein Zimmerchen gibt, wohin Sie kommen können, um einen Freund zu besuchen, aber Sie sind nicht allein mit Ihrem Freund in diesem Zimmerchen, sondern außer Ihnen sind noch andre Besucher in dem Zimmerchen und außer Ihrem Freund sind noch andre Freunde in dem Zimmerchen.

Und zwischen den Besuchern und den Besuchten ist ein dichtvergitterter, aber leerer Käfig – zwei engmaschig verdrahtete Wände, zwischen denen nichts ist als ein Abstand.

Und Sie müssen laut sprechen, damit Ihr Freund Sie durch dieses dichtvergitterte Vakuum hört, aber da Sie laut sprechen, damit Ihr Freund Sie durch das dichtvergitterte Vakuum hört, müssen die andern, die mit ihren Freunden durch das dichtvergitterte Vakuum sprechen wollen, noch lauter sprechen, damit ihre Freunde sie durch das dichtvergitterte Vakuum hören, und auch ihr Freund und ihre Freunde der andern sprechen laut durch das dichtvergitterte Vakuum – je lauter die einen, desto lauter die andern. Und so ist alsbald das Zimmerchen in Berlin, im Zentrum Berlin, von tierischem Gebrüll erfüllt.

Warum duldet das die Behörde? Wo ist die Polizei?

Die Polizei ist in ihrem Hause, und das Zimmerchen ist auch in ihrem Hause, im Polizeipräsidium am Alexanderplatz.

Es ist das Besuchszimmer. Wenn jemand wegen eines Polizeivergehens oder im Verdacht eines Polizeivergehens, zum Beispiel wegen Vernachlässigung einer Paßvorschrift, in Haft genommen wird, so können Sie ihn besuchen. Aber dann werden Sie brüllen.

Vor kurzem wurde in einem Buch über das Paradies Amerika empört darauf hingewiesen, daß im New-Yorker Stadtgefängnis, den berüchtigten Tombs, jeder Besucher in einer vergittern Loge sitzt und der Besuchte in einer vergitterten Loge ihm gegenüber. Die Empörung über diese Einrichtung sei hiermit zurückgenommen. Paradies Alexanderplatz ist schlimmer. Paradies Alexanderplatz hat keine Logen. Kaum drei Meter ist das Zimmerchen breit, aber da der leere Käfig, der Trennungsraum, in der Mitte steht, so bleiben eigentlich nur zwei Wände. An der Wand drüben sind die Gefangenen und eine Tafel »Amtsgericht Berlin-Mitte, Vorzimmer des Vernehmungsrichters«, an der Wand hüben verläuft eine Bank, auf der man sitzen kann, bevor die Gefangenen hereingeführt werden. Auch auf der Gefangenenseite ist eine Bank, aber die Gefangenen sitzen in ihren Zellen, hier sitzen sie nicht, sondern stehen und pressen sich ans Gitter wie die Besucher. Man preßt sich ans Gitter, um die Schalldistanz abzukürzen, man spricht laut, dann etwas lauter, noch etwas lauter, noch und noch lauter, bis der Höllenlärm losgeht.

Jeder sieht jeden durchs Gitter, aber hüben weiß niemand, welche Schuld den Gefangenen gefangen hat, ob eine Übertretung der Fahrordnung oder ein Massenmord oder gar eine politische Gesinnung, während natürlich die von drüben die Gattinnen ihrer Mitgefangenen als Gattinnen von Kommunisten zeitlebens im Gedächtnis behalten werden. Gute Chancen für Spitzel und Erpresser. Wo bleibt die Polizei?

Die Polizei bleibt bei diesem Zimmerchen, und ihr Vertreter, ein Schupo, steht mit gegrätschten Beinen vor dem Käfig. Ist er zum Lauschen bestellt? Wie bestellt steht er da ... Aber er muß doch abgeholt werden, sonst wird er taub und kann nicht mehr lauschen.

Diesen Lärm, diese Massenansammlung, dieses Gedränge hält ja kein Aas aus. Sie würden gucken, wie die Polizei mit Gummiknüppeln hineinfahren wurde, wenn sich das alles anderswo ereignete.

Und gegen die Veranstalter einer solchen Radaudemonstration würde mit Revolvern, mit Zuchthaus, mit Schutzgesetz, ja sogar mit Recht vorgegangen werden, wären die Veranstalter nicht identisch mit der Polizei.

(1930)

Dies ist das Haus der Opfer

In Paris reißt man die Morgue nieder; schon seit langem hatte das ebenerdige Haus auf der Cité-Insel aufgehört, ein Rendevousplatz neugieriger und sensationslüsterner Passanten zu sein, das Tor war gesperrt, und wer in den letzten Jahren hineinwollte, mußte klingeln und sich dem Portier mit seinen Befürchtungen legitimieren: Man fragte zitternd, ob nicht seit gestern ein

Kind in rotem Kattunkleidchen hier eingeliefert worden war, ob nicht in der letzten Woche eine brünette siebzehnjährige Frau in schwangerem Zustande hier Unterkunft gefunden habe, oder ein Greis mit Krücken. Verneinte der Portier, so konnte der Frager von dannen gehen, bis zum nächsten Tage von einem Hoffnungsschimmer erhellt. Die großen Tage der Pariser Morgue waren vorbei, die Katastrophen der unbekannten Toten. Die Leichen vom Tage des Bastillensturmes sind längst agnosziert, die nachfolgenden der großen und der zwei kleinen Revolutionen sind vergessen, in den Labyrinthen der Katakomben vermodert, und seit dem Mai 1871 hat die Pariser Morgue fast nur Einzelgäste beherbergt, so wenige, daß es sich nicht mehr lohnte, sie zu einem Ausstellungsobjekt für Gaffer zu machen. Daher fällt das Totenhaus von Paris dem Tode anheim. Aber in Berlin in der Hannoverschen Straße ist fast täglich die Tafel hochgezogen: »Leichenschauhaus geöffnet.« Der Kampf ums Dasein ist in Berlin unvergleichlich mörderischer, hier ist auch Erwerbs- und Liebesleben noch immer von militaristischer Mentalität ergriffen, und um alle Todesopfer ohne Schauhaus sicherzustellen, müßte man jedem Bewohner eine Legitimationskapsel an die Tasche nähen lassen, wie den Soldaten der Marschkompanien.

Während das Pariser Leichenschauhaus eine Vergangenheit hat, hat die Berliner Morgue eine Gegenwart.

In den Umsturztagen von 1918 waren Hektatomben von Erschossenen hier aufgestapelt, zur Zeit der Spartakistenaufstände im März 1919 brachte jeder Tag einen Zuwachs von hundertfünfzig bis zweihundert Leichen, hierher schafften einige Soldaten einen »unbekannten Mann, auf dem Wege zur Rettungsstation gestorben«, als ob sie nicht gewußt hätten, daß dieser »Unbekannte« Karl Liebknecht heiße, der einzige Abgeordnete Deutschlands, der gegen den Krieg gekämpft hatte, der einzige, der allen Menschen Deutschlands und des Auslands bekannt war. Hierher wurde einige Wochen später eine »unbekannte Frauensperson« geschleppt, aus dem Landwehrkanal aufgefischt: Man stellte fest, daß der Leichnam hundertzehn Kolbenhiebe und etwa dreißig Tritte von genagelten Schuhsohlen aufweise und daß die Tote Rosa Luxemburg heiße.

Hierher brachte man 1922 den Soldaten der französischen Kontrollkommission, der in der Friedrichstraße erstochen worden war, wofür Deutschland eine Million Goldmark Sühne zahlen mußte; in der kreuzgeschmückten Totenkapelle des Leichenschauhauses, von wo nur die Verlassensten der Verlassenen zu ihrer Beerdigung gefahren werden, sprach der Rabbiner den Totensegen, und Ententegenerale umstanden in Gala den Sarg. Auch der Generalgoverneur Armeniens, Cemal Azmi Bey und sein Freund, Professor Bahaddin Şakir, die in der Uhlandstraße von persischen Fanatikern erschossen worden waren, und der Redakteur Nabokow, den im Saal der Philharmonie die gegen Miljukow gerichtete Kugel traf, der ehemalige Großwesir Talât Pascha, der von Feinden der Jungtürken im Berliner Westen den Todesstoß empfing, und der indische Autonomist und Englandfeind Sahir Ahib fanden im selben Jahr hier ihre vorletzte Ruhestätte.

Das waren politische Affären, die Aufsehen hervorriefen, und die Namen ihrer Opfer waren in aller Munde. Jedoch die Opfer des rasanten Berliner Erwerbstempos bleiben zumeist auch unbekannt, wenn man ihre Namen festgestellt hat: Am Tage, da der Telegrafendraht ausführlich über die Leichenfeier Rathenaus berichtete, meldete er im Ausmaß eines Telegrammblanketts, daß fünfunddreißig Menschen tot ins Leichenschauhaus gebracht wurden; sie hatten sich auf die Trittbretter eines Stadtbahnzuges stellen müssen (weil der schon überfüllt war und der nächste erst nach fünf Minuten ging) und waren in der Schönhauser Allee durch einen entgegenkommenden Zug hinuntergefegt und überfahren worden. Das Haus von Rudolf Mosse stürzte ein, und vor den Auslagskästen im Leichenschauhaus stauten sich Frauen und Kinder, um in den ausgestellten Resten von dreizehn Menschen ihre Gatten und Väter zu erkennen.

In den unterirdischen Kammern, die nicht für die Besichtigung frei sind, da hier nur die Leichen aufbewahrt werden, deren Namen man kennt, deren Todesursache aber (nach Paragraph 157 der deutschen Strafprozeßordnung) im anstoßenden Obduktionssaal oder im Institut für Forensische Medizin festgestellt werden muß, ist kein Plätzchen leer. Drei übereinander angebrachte Bretter hat jede dieser Kabinen, und auf jedem liegt ein toter Mensch: Ein Mädchen mit rotem Bubikopf, Frauen, die sich mit Leuchtgas oder mit Kohlengas umbrachten, Männer mit Revolverschüssen in der Herzgrube oder mit zerschmetterten Gliedmaßen – Sprung aus dem Fenster. Einen hohen Prozentsatz stellen Frauen, die keinen Selbstmord begehen wollten und ihn doch begingen (oder begehen mußten), indem sie eine unbefugte Operation an sich vornehmen ließen. Kleine Kinder sind immer da, Neugeborene, sechs Wochen und ein Jahr alte, manche wie Puppen im Spielwarenladen daliegend, manche wie wächserne Weihnachtsengelchen, doch muß sich erst erweisen, ob nicht Mißhandlung oder Kindesmord sie so frühzeitig zu Engeln gemacht hat.

Hinter den Schaufenstern der Publikumshalle liegen auf schrägen Brettern mi ihren Kleidern bedeckt, die Namenlosen. Wasserleichen, violett und furchtbar aufgeschwemmt, mit Zetteln, »am Schleusenufer geborgen«, am »Kottbusser Ufer geborgen«, »im Nordhafen aus dem Wasser gezogen«, »aufgefischt beim Bahnhof Jungfernheide, Charlottenburg …«. Und die Erhängten aus dem Tiergarten.

Sind Tote hier in den Schaukästen, dann fehlt es ihnen auch an lebenden Besuchern nicht. Die Tafel »Leichenschauhaus geöffnet« ist eine Einladung. Kutscher steigen ab, ihr Gefährt auf der Straße stehenlassend, Schulkinder versuchen einzudringen, aus den Geschäften und Häusern holt der Nachbar den Nachbarn zur unentgeltlichen Schaustellung; Habitués und Passanten treiben sich in der Halle umher, die in ihrer langgestreckten Form, mit dem Glasdach und der metallenen Geländerstange wie der Raubtierpavillon des Zoologischen Gartens aussieht; die Lebenden apostrophieren die Toten in den gläsernen Käfigen mit berlinisch-zynischen Bemerkungen: »Mensch, du hast dir janz dufte ausjebadet!« – »Nu werde ick sechs Wochen lang keen Wasser trinken könn'!« – »Kiek mal *den* an: der sieht ja wie'n Gorilla aus!« oder: »Die lacht ja – also scheint's drüben janz schön zu sein.« – Die rohesten Witzreißer sind die sentimentalsten. Daß wirklich durch das Ausstellen jemand festgestellt wird, kommt selten genug vor. (Lag doch die Leiche eines im Hamburger Yoshiwara in der Schwiegerstraße verstorbenen Greises einen ganzen Tag lang öffentlich im dortigen Schauhaus, ehe man sicherstellen konnte, daß es der König von Dänemark sei.) Nach drei Wochen dieses Verkehres der unbekannten Toten mit den Lebenden holt man die Leichen aus ihren Glashäusern, wo ein Ventilatoren- und Röhrensystem sie mit eisiger ammoniakkomprimierter Luft frisch erhalten hat, sperrt sie in einen magistratlich beigestellten Sarg, genannt »Nasenquetscher«, und begräbt sie. Aber nicht, bevor man sorgfältig Photographie, Personenbeschreibung, Todesart, Monogramme der Wäsche, Proben von Hemd-, Hosen-, Rock-, Mantel- und Hutstoff, Knöpfe und Tascheninhalt in die umfangreichen Regale des Kommissariats zur Sicherstellung von Leichen eingereiht hat – noch am Grabe pflanzt man die Hoffnung auf.

(1925)

Die Polizei und ihre Beute

Vor dem Kriege ließ der Polizeipräsident Jagow, da es galt, eine Demonstration zu verhindern, an den Straßenecken anschlagen: »Die Straße dient dem Verkehr.« Eine Demonstration, wollte er damit sagen, sei nicht ein Teil des Verkehrs, und gegen Trupps von Hungerleidern werde seine Polizei vorgehen. Jagow warnte Neugierige, auf daß sie bei dem Einschreiten nicht zu Schaden kämen.

Noske war ehrlicher. Für ihn diente die Straße nicht mehr dem Verkehr, der Verkehr konnte seiner und seiner Freunde Macht nur abträglich sein; er sperrte die Straße, die zu einer Einschränkung seines Gebietes führen konnte, einfach mit Stacheldraht und stellte weißgardistische Offiziere mit Eierhandgranaten, Maschinengewehren, Revolvern und Flinten davor. »Wer weitergeht, wird erschossen.« Das war das Manifest von Ebert, Scheidemann, Noske an die neue Republik.

Wer weitergeht, wird erschossen! Auf den Pilastern, die vor den Berliner Bahnhöfen zum Besuch der Großen Berliner Polizeiausstellung einladen, sollte, von Girlanden umschlungen, dieses Motto stehen; die Polizei hat es sich zu eigen gemacht, bevor sie es in den stürmischen Tagen von 1918 und 1919 öffentlich verkündete, Wer weitergeht, wird erschossen.

Ursprüngliche Aufgabe der Polizei war der Schutz der Gesellschaft vor Verkehrsunfällen und vor Verbrechen. Längst aber ist sie darüber hinaus zu einer Waffe geworden, angewendet wider alle, die aufzumucken wagen gegen Willkür des Unternehmers, gegen Dünkel des Bürokraten und gegen Mißbrauch der Gesetze. Die Polizei ist ausführendes Organ der Machthaber, und schrankenlos wütet sie in ihrem Wirkungsbereich. Es gibt keine ethische Rechtfertigung für die Mittel, deren sie sich bedient. Auch die willfährigsten Staatsphilosophen könnten keine Entschuldigung dafür finden, daß ein Land seine Ordnung aufrechterhält durch eine Armee von Lockspitzeln, welche Verbrechen in Vorschlag bringen, um sie für acht Groschen oder für eine Belobung oder für ein Avancement ihren Auftraggebern zu melden; es kann keine sittliche Begründung dafür ausgeklügelt werden, daß Hyänen vom Schlage Haarmanns mit der Legitimation eines Detektivs den Behörden als »wertvolle Mitarbeiter« helfen; es kann nicht glaubhaft gemacht werden, man vermöge Arrestanten, von hundert Leuten bewacht (sogar im Innern des Polizeipräsidiums, wie im Falle Sült), nur an der Flucht zu hindern, wenn man sie erschießt.

Die Foltermethoden, mit denen man von politischen Häftlingen Geständnisse erpressen will (zum Beispiel die aus dem Leipziger Tschekaprozeß bekannten »Verhöre zweiten Grades«), lassen alles hinter sich, was an Instrumenten der mittelalterlichen Inquisition bei der Polizeiausstellung zu dem Zwecke vorgeführt wird, daß das Heute im Gegensatz zu den vergangenen Zeiten als human erscheine.

In Staaten, wo man Widerstand des Volkes zu fürchten hatte, kann die Polizei keine Selbstherrschaft ausüben; in England schränkt die »Habeas Corpus Acte« zugunsten der Freiheit des Staatsbürgers die Freiheit der Polizei ein, indem sie eine willkürliche Verhaftung verbietet. Gegen dieses Gesetz ist oft in der Praxis gesündigt und in der Theorie angekämpft worden. Mirabeau hat schon vor der großen Revolution auf jeden Versuch, die Machtbefugnis der Polizei zu erweitern, eine Antwort gegeben, die in ihrer Schärfe gegen Polizeigeist und Polizeibegeisterung gerade in den Tagen, da das Büttelturm zum Feste lädt, Aktualität besitzt. Mirabeau sagt in seinem »Aufsatz über Steckbriefe und Staatsgefängnisse«:

»Wenn das alleinige Ziel der Regierung nicht darin besteht, unsere Freiheit und unser Eigentum zu gewährleisten, dann kümmert uns herzlich wenig ihre schöne Polizei, kümmern uns ebensowenig die Vorzüge einer Gesellschaft, der nur als Vorwand für all die kleinen Ungerechtigkeiten dienen und um derentwillen wir die Rechte verlieren sollen, zu deren Erhaltung und Vermehrung wir uns mit unseresgleichen zusammengeschlossen haben.« (...)

Was hätte Mirabeau erst gesagt, wenn er in den Tagen der Polizeiausstellung nach Berlin gekommen wäre und die Stadt gesehen hätte, »begeistert von dem ungeheuren Aufgebot einer höchst verwickelten, herrischen und kostspieligen Polizei, die so viele Schurken loben und so viele Narren bewundern«. Mit den Geldsummen, die die Erhaltung der Polizeikasernen und der Polizeiheimarbeiter, der Spitzel, kostet, könnte man Eigentumsverbrechen in ihren Wurzeln bekämpfen, könnte man die Not, den Antrieb zu den meisten Eigentumsverbrechen bedeutend mildern. Das hypertrophische Anwachsen der polizeilichen Institution, das die Ausstellung in Tabellen veranschaulicht, hat keineswegs die Zahl der Verbrechen zu verringern vermocht, im Gegenteil, die Züchtung von Denunziationen und die Schaffung überhitzter Atmosphären hat nur zur allgemeinen Unsicherheit beigetragen. Der Fortschritt der Kriminalwissenschaft, der in daktyloskopischen Registern, in Systemen der Tatbestandsphotographie, in Reformen des Steckbriefwesens und der Verbrecheralben, in Rekonstruktionen des Tatortes, in Erfindungen zur Spurensicherung, in Dressur von Polizeihunden, in Organisierung von Überfallkommandos und hundert anderen Dingen dem Publikum stolz vor Augen geführt wird, ändert nichts daran, daß weitaus der größte Teil aller Delikte unaufgeklärt bleibt.

Läßt man auch nur flüchtig die Bluttaten Revue passieren, die in der letzten Zeit die Öffentlichkeit erregt haben, so fragt man sich, wer die Bestien waren, die den Pagen Schäpel aus dem »Café Vaterland« ermordeten, so fragt man sich, wer es war, der den Ernst Straffke in Schöneberg im Zyankali vergiftete, so fragt man sich, wer im Tegeler Forst den Fememord an Arnold Schwenke beging, so fragt man sich, wer im Wald der schußbereiten Herren von Kaehne den jungen Otto Laase erschoß, so fragt man sich, wer am Arnswalder Platz die Elisabeth Stangerski erwürgte und wer all die anderen Morde in Berlin verübte, von denen man in den Zeitungen las, ohne daß diesen Nachrichten die offizielle Siegesmeldung gefolgt wäre: »Es ist der Polizei gelungen ...«

Von der Provinz ganz zu schweigen, wo Denke in Freiheit wirken konnte, während ein Unschuldiger wegen dieser Massenmorde im Zuchthaus saß, und der arme Landstreicher Olivier in den Arrest geworfen wurde, weil er Denke beschuldigte; wo Haarmann jahrzehntelang die Achtung der Polizei genoß, wo man nicht einmal der Tiermenschen habhaft werden konnte, die die Kinder Fehse auf dem Weg zum Postamt umgebracht und den Eltern der Kinder deren Geschlechtsteile zugeschickt hatten. Diese Beispiele aus der letzten Zeit ließen sich um Hunderte vermehren, und auch der Rest wäre unaufgeklärt geblieben, hätte nicht der Zufall mitgewirkt oder jemand aus der Bevölkerung die Anzeige gegen den Schuldigen erstattet.

Und schließlich werden auch, das weiß sogar das Sprichwort, nur die kleinen Diebe gehängt, und die großen laufen frei umher, trotzdem ihre Aktienbetrügereien, Inflationsschwindeleien, Beamtenbestechungen, Häuserschiebungen und Spekulationsgaunereien ziemlich unverschleiert die Presse aller Richtungen füllen. An hunderttausend Menschen wurden im Laufe der republikanischen acht Jahre in den Straßen von Hamburg, Essen,

Leipzig und anderen Industriestädten erschossen, eingekerkert, mißhandelt, verfolgt und vernichtet. Noch sind die deutschen Zuchthäuser voll von politischen Häftlingen, zu denen freilich die Riesenorganisationen der Fememörder nicht gehören; noch heute wird von Polizeiknüppeln und Polizeirevolvern und Polizeiverboten das beseitigt, was für ein neues Sein einzutreten wagt. Alles soll bleiben, wie es war und mit blutigen Opfern wiederhergestellt ward, jeder hat in seiner Bedrückung zu verharren, und wer weitergeht, wird erschossen.

Schon die Tatsache, daß die Polizei es wagt, sich zur Schau zu stellen und sich als eine der Volksbegeisterung werte Einrichtung aufzuspielen, obwohl sie ein notwendiges Übel wie Abdecker oder Wanzenjäger darstellt, wäre selbst im absolutistischen Mittelalter, als Sbirren und Folterknechte herrschten, nicht möglich gewesen. (...)

Die politische Polizei vereinigt in einem Rahmen Bilder vom Überfall auf Walther Rathenau; die Leute, die das Auto und die Waffen beschafft und auch sonst für den Mord und die Mörder vorgesorgt haben, fette Popogesichter mit Schmissen, haben fürchterliche Strafen erleiden müssen: zwei Monate Gefängnis, durch die Untersuchungshaft abgebüßt! Photographien von den Fememorden an Leutnant Sand, dem Bäcker Willi Legner in Elsgrund-Döberitz und einem Unbekannten aus Küstrin fehlen nicht; die Mörder des jungen Erich Pannier sind in effigie als Tableau angeordnet, doch ist die Glasplatte darüber mit schwarzen Papierstreifen derart beklebt, daß man den Beruf der Bravi nicht lesen kann – unter diesen Streifen stehen nämlich die Worte: »Hauptmann«, »Oberleutnant«, »Leutnant« und »Wachtmeister«. Leider sind manchmal von Mördern nur die Uniformbilder zu beschaffen gewesen, und der Attentäter auf Maximilian Harden ist mit dem studentischen Stürmer abkonterfeit.

Die übrigen Objekte aus dem Tätigkeitsgebiet der politischen Polizei gelten den Kommunisten. Beschlagnahmte Literatur von Lenin, Rosa Luxemburg, Karl Liebknecht, Larissa Reißner und vielen anderen, Bilder vom Siegessäuleattentat, die Opfer des Leipziger Tschekaprozesses – ohne den angeblichen Hauptangeklagten, den Spitzel Felix Neumann. Max Hölz ist in der Ausstellung überall zu sehen. Max Hölz mit Vollbart, Max Hölz mit Schnurrbart, Max Hölz glattrasiert, die rote Armbinde von Max Hölz, die Armbinde des Adjutanten von Max Hölz – die Festnahme von Max Hölz scheint überhaupt der Stolz der deutschen Polizei zu sein, und man vergißt, daß die Tschechoslowaken, als sie ihn nach dem Vogtländischen Aufstand verhafteten, ihn binnen kurzem wieder entlassen haben, indem sie ihm bescheinigten, er habe seine Taten nur aus politischer Überzeugung begangen.

In der Geschlossenen Abteilung, vor deren Tür sich Kämpfe der Einlaßheischenden entspinnen, sind vor allem jene pornographischen Zeitschriften gesammelt, die man an jedem Zeitungskiosk ausgehängt findet, und andere unzüchtige Literatur, meist auf photographischem Wege vergrößert.

Ein Salon, von einer Möbelfirma eingerichtet – sie empfiehlt sich mit vollem Namen und Adresse den p.t. Interessenten -, stellt die Wirkungsstätte einer Masochistin vom Schlage der ermordeten Gräfin Strachwitz dar. Mit Ruten, Peitschen, gespornten Damenstiefeln, Maulkörben für Menschen und einem riesigen Nickelkäfig, in dem der zu Peinigende nackt hochgezogen wurde. Wer den Zweck eines oder des anderen Gegenstandes nicht begreifen sollte, kann aus einem Inventarverzeichnis von liebevoller Genauigkeit ersehen, Nummer 6 sei ein Keuschheitsgürtel und Nummer 8 eine Beischlafschürze mit Stacheln. Im besetzten Gebiet Deutschlands hatte ein

Photograph seine Kundinnen mit gespreizten Beinen auf einen hohen Schemel setzen lassen und nicht nur deren Gesicht, sondern, mit einem auf dem Boden postierten Apparat, auch deren Körper photographiert; von seinen Bildern sind nahezu hundert ausgestellt.

An die erotischen Köstlichkeiten schließen sich verschiedene Neuerungen auf dem Gebiete des Fahndungswesens.

Besonders raffiniert erdacht ist eine Lauschzelle zwischen zwei Kerkerzellen, in denen sich je ein Komplize befindet; zwischen ihnen sitzt Tag und Nacht unbemerkt der Spitzel, der jedes Wort abhören kann.

In der Geheimen Abteilung sind auch die politischen Flugblätter in Mappen gesammelt. Einige fehlen, aber es wird auf einer großen Tafel verkündet: »Zahlreiche beschlagnahmte Druckschriften, insbesondere linksradikale Zersetzungsschriften zur Agitation in der Schutzpolizei und in der Reichswehr, können aus dienstlichen Gründen nicht ausgestellt werden.«

Denn der politische Polizist darf niemals auf den Gedanken kommen, daß seine Gegner für eine Überzeugung eintreten, die auf wissenschaftlicher Lehre fußt und zur Besserung der Gesellschaftsordnung bestimmt ist!

Die Polizei nimmt es gerne in Kauf, daß bei ihrer Ausstellung die Mittel zur Bekämpfung des Verbrechens viel weniger in Erscheinung treten als die Mittel der Verbrecher selbst und daß die Veranstaltung nicht nur zur Verherrlichung der Polizei, sondern in weit größerem Maße zur Verherrlichung für werdende Kriminelle bildet.

Die Polizei nimmt es gerne in Kauf, daß man sich vor den rekonstruierten Tatbeständen, den Reliquien von Massenmördern, vor den Andenken an Kinderschändungen und vor dem Grünen Gewölbe mit der Juwelenbeute eines Fassadenkletterers berechtigt sagt, die Täter haben jahrelang, jahrzehntelang ihr Gewerbe ausgeübt, ohne erwischt worden zu sein, und sind meist durch Anzeige vom Komplizen, aber fast niemals durch kriminalistische Schliche und Schlauheiten ausgeforscht worden – wenn sie überhaupt ausgeforscht wurden. Die Polizei nimmt es ja auch in Kauf, daß der denkende Mensch mit Widerwillen die Namensnennung und Beweihräucherung von Kriminalbeamten in der Zeitung liest, die den Filmschauspielerinnen und Operettensängerinnen an Popularität den Rang ablaufen wollen.

Die Polizei nimmt all das gerne in Kauf, denn ihr gilt es nur für wichtig, von dem politischen Zweck ihrer Existenz abzulenken. An den wahrhaft ungeheuren, ziffernmäßig gar nicht zu erfassenden Spitzelapparat, der alle linksgerichteten Organisationen, alle Betriebe und alle Straßen durchsetzt, erinnert nichts in der großen Propagandaschau, nichts erinnert an die Eroberung der russischen Handelsvertretung in Berlin, nichts an die Salven gegen unbewaffnete Versammlungsteilnehmer in Halle, nichts an die polizeiliche Beteiligung bei den »Verrätermorden« in Bayern, und selbst in der Geschlossenen Abteilung wird nicht gezeigt, in welcher Art die Karikaturisten der neuen Zeit, Künstler wie George Grosz, Rudolf Schlichter, John Heartfield und Griffel, der Ansicht des Volkes über die Polizei Ausdruck geben.

Alles lenkt auch ab von dem Anblick der Verheerung, die das Häschertum im Schrifttum angerichtet.

Die Haftbefehle und Akten sollten von neuem ausgestellt werden, die gegen deutsche Dichter ausgestellt wurden, von Schubart, Kinkel und Reuter angefangen bis zu Mühsam, Toller, Becher; es müßten die Zensurverbote exponiert sein, kein Kunstwerk blieb verschont.

Verhaftung auf offener Straße, 1. Mai 1924

Eine Ausstellung des Verbrechens wäre von kulturellem Wert, veranschaulichte sie, wie Tat und Täter im Wechsel der Zeiten Motiv der Literatur gewesen, und wären die Erinnerungsstücke an Prozesse aufbewahrt, die den Dichtern Anlaß gaben zum Schrei nach Recht, die Verhaftung des Jean Calas, durch die Voltaire die Justiz der Welt revolutionierte, der Fall des Notars Peytel, an dem Balzac zerschellte, oder die Affäre Dreyfus, von Zola zur Affäre des Erdballs gemacht.

Hierher würden die höhnischen Druckschriften Beaumarchais' in seiner eigenen Gerichtssache passen, jene Mémoires, die in Zehntausenden von Exemplaren in Paris aufflatterten und die man noch heute nicht lesen kann ohne die Vorstellung, ihre Wirkung könnte sich anders äußern als in einer großen Revolution; um diese Zeit war es, daß ein Buch ganz anderer Art erschien, eine grande Reportage des ehemaligen Advokaten Linguet, das alle Verzweiflung und allen aufgestapelten Haß auf ein Ziel konzentrierte: die Bastille zu erstürmen und die Opfer des Polizeigeistes zu befreien. *(1927)*

Briefe an die Mutter

Liebste Mama,

es ist zwar erst zehn Tage, daß ich von Dir fort bin, aber vielleicht machst Du Dir Sorgen, daß es mir in Hitlers Reich nicht gut geht, und da will ich Dich beruhigen. Es *geht* mir gut. Freilich kann niemand sagen, ob der Ausländer hier ein alter Jud werden wird. Ich trage mich mit dem Plan, meine Bibliothek nach Prag zu schicken, *40 Kisten* mit 4 000 Bänden. Du hättest doch sicherlich die Möglichkeit, sie irgendwo unterzubringen, wo keine Ratten und keine Feuchtigkeit eindringt, die Bibliothek wird auf etwa 100000 Kč geschätzt, es wäre schade, wenn sie kaputtginge. Lagermiete in Berlin wäre sehr teuer. Ich bin noch nicht definitiv entschlossen, was ich damit mache, frage Dich aber jedenfalls an. Sonst wohne ich vorläufig provisorisch, wir suchen Wohnung, schreib mir immer an Erich Reiß Verlag, Berlin W, Fasanenstraße 44 (...), und sei tausendmal geküßt von

Deinem treuen
Egon Erwin

(4. Februar 1933)

Liebstes Mutterl,

wie Du wahrscheinlich schon weißt, bin ich vor ein paar Tagen eingesperrt worden, und ich kann mir denken, daß Du Dir darüber Sorgen machst, wie vor fast 30 Jahren, als ich als Kasernenarrestant ein paar Tage nicht nach Hause kam. Ich kann Dich aber beruhigen, mir geht es gut, ich bin gesund und gutgelaunt, und ich würde es noch mehr sein, wenn Du mir schreiben würdest, daß Du dasselbe von Dir sagen kannst. Meine Adresse ist: Spandau bei Berlin, Wilhelmstr. 23.

Viel kann ich Dir natürlich nicht erzählen, ich habe Bücher zum Lesen, für Zigaretten und Aufbesserung sorgt der Verlag (seine Adresse ist Fasanenstraße 44), und mein Rechtsanwalt ist Dr. Josef Stark in Prag, mit dessen Berliner Vertreter Schmidt ich in Verbindung stehe. Es ist also alles auf das Wunderbarste besorgt.

(...)

Ich küß Dich, wie von überall in der Welt, auch von hier vieltausendmal, liebes Mutterl, und bin immer

Dein treuer
Egon Erwin

(4. März 1933)

Gefangener No. 1067, Zelle No. 33

»Hände vor!«

Wir strecken die Arme vor, eine Matratze wird auf sie gelegt, zwei Decken, ein Überzug für die Decken, die allerdings eines Überzugs bedürfen, aber was ist das für ein Überzug? Ferner ein Laken, ein Handtuch, ein Geschirrtuch, eine Eßschale aus weißem Emaille, ein ebensolcher Becher, ein Löffel, eine Gabel, ein blechernes Waschbecken. Diese Ausstattung hat jeder auf seinen zwei Armen die Treppe hinaufgetragen in die Einzelzelle. Dort ist auch noch anderes Inventar: ein Tisch, ein Stuhl, ein Klosetteimer, ein Wascheimer, ein Borstwisch, eine Müllschaufel, eine Stiefelbürste, ein Wasserkrug.

Spandau ist ein alter Kerkerort. Schon vor zweihundert Jahren hat ein Abenteurer namens Matthisson seine Spandauer Hafterlebnisse geschildert. In Spandau saß der Dieb Käsebier, den Fridericus Rex bei der Belagerung von Prag als Spion benützte. Vielleicht hat Matthisson auf der gleichen Matratze gelegen, die ich heraufgetragen habe, vielleicht hat Käsebier schon mein Handtuch benützt. Das Geschirr aber muß noch aus früheren Jahrhunderten stammen.

Ich bin Nummer 1067. Das steht auf einem Zettel, der an der Wand befestigt wird. Meine Zelle hat Nummer 33. Hoch oben ein kariertes Fensterchen. (…)

Am Vorabend und am Abend des Wahlsonntags tobt auch in Spandau der Hexensabbat der privilegierten Partei. Der Schall der Trommeln, Drommeten, Schreichöre und Schüsse rückt näher und näher zu uns heran, im Hof beginnen die Wächterhunde wild zu kläffen, im Haus geht Geklingel und Gerufe los, an Schlaf ist ebensowenig zu denken, wie während unserer Polizeihaft nicht daran zu denken war.

Während des Tages ist der Schlaf nicht nachzuholen, man kann auf dem Stuhl sitzend, kein Nickerchen machen, wenn man noch so müde ist, weil immerfort »telegraphiert« wird. Das sind die Kriminellen, sie unterhalten sich vermittels des Klopfalphabets auf allerweiteste Distanz, von einer Zelle zu einer anderen, sehr weit entfernten. (…)

Wenn wir einen Brief schreiben wollen, bekommen wir Papier, Feder, Kuvert und Tinte, die nach etwa zwanzig Minuten wieder abgeholt werden. Unsere Briefe gehen nach Berlin zum Polizeipräsidium, das darüber entscheidet, ob sie weitergeleitet werden.

In der zweiten Woche unserer Haft erscheinen plötzlich neue Figuren auf der Bildfläche: Hilfspolizei. Auf jedem

Zellensteg nimmt ein Doppelposten Aufstellung, eine ganze Abteilung ist unten im Wachzimmer untergebracht. Sind sie beauftragt, uns von hier wegzubringen, vielleicht in ein Konzentrationslager?

Nach und nach stellt sich heraus, daß sie dazu da sind, unsere Bewachung zu erhöhen, sie beäugen unsere Hofstunde von allen Seiten, achten darauf, daß wir nicht miteinander sprechen, geschweige denn uns etwas zustecken, daß wir in strengem Gänsemarsch wieder die Treppe hinaufsteigen. Unsere alten Gefängniswärter fühlen sich noch beaufsichtigter als wir und sind daher doppelt so streng gegen uns, als sie früher ohnedies waren. Auch vor allen Eisentoren und an allen Steinmauern stehen jetzt die revolvertragenden Blauen.

Am 10. März wird während der Hofstunde Otto Lehmann-Rußbüldt in die Kanzlei gerufen. Als ich wieder in der Zelle bin, klopft mein Nachbar an die Wand, ein Zeichen, daß ich zum Fenster kommen soll. »Lehmann-Rußbüldt ist entlassen, er hat mir sein Paket heraufgeschickt.« Das ist der erste von uns, der hinausgeht. Nur ins Hospital sind bereits einige abgegangen, darunter Kurt Kläber, der proletarische Dichter. Eine halbe Stunde später erfährt man, daß auch Dr. Apfel entlassen wurde.

Und wieder eine halbe Stunde später kommt der Wärter zu mir. »Sie gehen jetzt mit uns in die Kanzlei hinunter.«

Ich komme an einem Raum vorbei, wo Pakete für Gefangene abgegeben werden. Viele Frauen von Genossen stehen dort, stürzen auf mich zu. »Lebt mein Mann noch?« – »was macht X?« – »Ist Y gesund?« – »Grüß den Z von mir.«

So schnell es geht, antworte ich, stehenbleiben darf ich nicht, das erlaubt mein uniformierter Begleiter nicht, den wiederum andere Uniformierte vor dem Tor mit strengem Blick beobachten.

»Sie kommen ins Polizeipräsidium zurück«, sagt mir der Kanzleibeamte. – »Warum?« – »Sind Sie Ausländer?« – »Ja.« – »Na, da werden Sie wohl aus Deutschland ausgewiesen. Nehmen Sie Ihre Sachen, Sie gehen mit den beiden Herren da.« Ich schau mir »die beiden Herren da« an. Typische »Bullen«, Berliner Geheimpolizisten.

Eine Menge Rubriken in dicken Büchern habe ich zu unterschreiben, wahrscheinlich, daß ich täglich die Mahlzeiten bekommen habe, daß die mir abgenommenen Sachen wieder an mich zurückgestellt worden sind etc. Dann bin ich transportbereit.

»Wenn Sie einen Versuch machen zu flitzen, knallen wir Sie gleich nieder«, sagt mir einer der beiden Herren da.

Ein Personenwagen der Polizei wartet auf mich und die beiden Herren da, wir fahren durch Spandau, über die Heerstraße. Ich schaue auf das nationalsozialistisch getünchte Berlin hinaus, Offiziere der alten kaiserlichen Armee ziehen an der Spitze von Naziabteilungen, ein Trupp Couleurstudenten schwingt die Stöcke, Kinder in braunen Uniformen ..., ich schau erstaunt hinaus.

»Kennen Sie denn Berlin nicht?« (...) Ich antworte nicht. Wir rollen in den Hof des Polizeipräsidiums ein, da wimmelt es von polizeigewordenen Nazis, die sich hier schon zu Hause fühlen. Wieder ins Gefangenenhaus hinein, wieder Kontrolle meiner Taschen. (...)

Die Arme auf die Knie, den Kopf in die Hände gestützt, hocke ich auf der Pritsche und starre die anderen Insassen der Massenzelle an, die drängend auf mich einsprechen, die Beweise der in der Nazikaserne erlittenen Mißhandlungen zeigen, klaffende Wunden und entzündete Schwellungen. (...) Bis spät in die Nacht umgeben mich die Verletzten und dringen mit Schilderungen auf mich ein, meine Nerven sind aufs äußerste gespannt, ich springe auf und gehe umher. »Du mußt uns verstehen, wir haben Furchtbares mitgemacht, mir zum Beispiel haben sie...« Und nun erzählt er von neuem.

Sie haben allerdings in vier oder fünf Tagen erlebt, was da in wenigen Stunden auf mich niederprasselt, aber sie haben es erlitten, während ich es bloß hören muß. (...) Mittags, den 11. März, werde ich aus der Zelle gerufen, man teilt mir mit, daß ich über die Grenze abgeschoben werde.

(1933)

Nachwort

»Berlin im allgemeinen ist direkt furchtbar. Trotz der Annehmlichkeiten, welche das ungestörte, selbständige Leben bietet, wäre ich lieber in Prag. Der Berliner ist im allgemeinen ein Ekel, im besonderen zwei Ekel, die Berlinerin ein ganzes Konglomerat von Ekeln.«

Hoppla! Da stromerte einer aus Prag gerade mal zwei Monate durch die Millionenstadt und hatte schon eine dermaßen vernichtende Meinung. 20 Jahre jung, schrieb Egon Erwin Kisch im November 1905 so selbstsicher über Berlin als hätte er nie woanders gelebt. Die von ihm geschmähten Berliner hätten wohl auch damals mit Herz und Schnauze gekontert, dass hier ein altkluger Schnösel eine ziemlich dicke Lippe riskiert. Doch Kisch hatte sich in dem Brief an seinen großen Bruder Paul längst noch nicht genug echauffiert. Der Tscheche aus der K.-u.-k.-Monarchie nörgelte an oberster Stelle. Im Naserümpfen war er gut: »Der Kaiser in allen Auslagen, in allen Gemälden, und dabei sieht man erst in der Nähe, wie er die Stadt ruiniert. Über die Siegesallee ist viel, vielleicht für manchen zuviel gespottet worden, aber vor dem Brandenburger Tor z.B. steht das Denkmal Kaiser Friedrichs und seiner Gemahlin, das mir, auf Ehrenwort, direkten Brechreiz verursacht.«

Schon in diesem jungen Mann steckt ziemlich viel von dem, was Kisch später berühmt machen sollte: Ein selbstbewusster Standpunkt, der keinen Zweifel kennt. Ein Blick auf Grundsätzliches hinter den Kulissen; ein augenzwinkernder bis grimmig-sarkastischer Ton; scheinbar atemlos im Tempo und nie ohne Pointe. Die Wirkung auf den Leser: Im besten Fall anrührend, aufrüttelnd oder amüsant.

Die meisten Texte in diesem Buch sind inzwischen an die hundert Jahre alt. Kisch schrieb über Berlin in Berlin. Trotzdem kommt bis heute nicht das Gefühl auf, im verstaubten Panoptikum einer untergegangenen Zeit zu stehen. Man riecht (auch ohne persönliche Erinnerung) verbrannte Kohle im Rummelsburger Himmel und hustet in den verräucherten Kneipen Charlottenburgs. Man hört den Bubikopf-Shimmy von Walter Kollo und sieht Schupos mit Tschako. Man bildet sich sogar ein, einen billigen Bonbon in klebriger Kinderhand zu fühlen und dann auf der eigenen Zunge zu schmecken.

Das Meiste könnte auch heute entstanden sein. Nur selten lag der technikkritische Kisch mit seiner Prognose so falsch wie bei der Untergrundbahn. Die menschliche Eitelkeit, die er beschreibt, ist zeitlos wie teure Schönheitsoperationen und billige Kuriositäten, die niemand wirklich braucht. Auch Armut ist Armut geblieben. Und denkt man bei der Sitzung im Roten Rathaus über die Finanzierung von Toilettenhäuschen nicht sofort an die Senatspolitik, die heute um die Ecke vom Potsdamer Platz gemacht wird, hebt man nicht mindestens erstaunt die Augenbrauen, weil gefälschte Nachrichten, Entrüstungsstürme und Lügen, die Kisch so zornig machten, kein Phänomen des 21. Jahrhunderts sind?

Es passt in die Zeit der Weimarer Republik, dass über allen Geschichten von Kisch eine unsichtbare Schlagzeile prangt: Ich. Daraus schneiderte er sich in Berlin mit 29 Jahren einen Maßanzug, in dem man ihn noch heute gerne sieht: »Der Rasende Reporter«. Ein Begriff wie ein Schnappschuss: Das inzwischen legendäre Tempo der Zwanzigerjahre, die Unstetigkeit des Lebens in der Inflationszeit nach dem Ersten Weltkrieg und die Eile bis zum Redaktionsschluss. Professionelle Fotos als Markenzeichen, für das Kisch kein Copyright beantragen musste: Der Mann mit der Zigarette.

»Der rasende Reporter« ist 1924 der erste Sammelband seiner Geschichten. Er nutzte ihn, um sich zu schaffen, was wir heute ein ›Alleinstellungsmerkmal‹ nennen. Temperamentvoll, lebenslustig und begeisterungsfähig wie Kisch war, schrieb er im Vorwort: »Nichts ist exotischer als unsere Umwelt, nichts ist phantasievoller als die Sachlichkeit. Und nichts Sensationelleres gibt es in der Welt als die Zeit, in der man lebt!« Aber weil der Moralist in einer Welt lebt, die »von der Lüge unermesslich überschwemmt« ist, die sich »vergessen will und darum bloß auf Unwahrheit ausgeht«, brauche es einen »unbefangenen« Zeugen der Gegenwart, der »keinen Standpunkt und keine Tendenz« hat, der »werktätige Arbeit« leistet und damit »der Sensation« dient.

Damit lehnte sich Kisch weit aus dem Fenster. Aber Not macht bekanntlich erfinderisch: Der allgemein formulierte Anspruch an einen »guten Reporter« war seine Visitenkarte, mit der der Wirbelwind Mitte der Zwanzigerjahre die Spreu unseriöser Kollegen vom Weizen trennen wollte und sich dadurch neue Aufträge erhoffte. Der Coup gelang; insofern auch schlechte Presse schon immer gut für die Popularität war. Denn man stritt sich über den »rasenden Reporter« Kisch. Karl Kraus hatte in seiner Berliner Satirezeitschrift »Die Fackel« über »Kehrrichtsammler der Tatsachenwelt« gewettert. Kollege Kurt Tucholsky dagegen lobte: Kisch »hat Witterung, Energie, Menschenkenntnis und Findigkeit«. Aber unter dem Pseudonym Peter Panther merkte er damals auch an: »Es gibt keinen Menschen, der nicht einen Standpunkt hätte. Auch Kisch hat einen. Manchmal – leider – den des Schriftstellers, dann ist das, was er schreibt, nicht immer gut. Sehr oft den des Mannes, der einfach berichtet: dann ist er ganz ausgezeichnet, sauber, interessant – wenngleich nicht sehr exakt, nicht sachlich genug.«

Kisch im Romanischen Café, 1928

Tucholsky traf den Nagel auf den Kopf. Ob bewusst oder unbewusst, rührte er an Kischs großem Wunsch, ein Schriftsteller zu sein. Immer unruhig und auch sprunghaft, war ihm trotzdem schon früh wichtig, regelmäßig genügend Geld in der Tasche zu haben. Als der Wert von Reichsmark und Krone in den Keller fiel und auch die Zeitungen japsten, hatte er den Geist des »rasenden Reporters« gerufen, wurde ihn aber zu seinem eigenen Bedauern nie wieder richtig los. Bis heute sind Kisch und »Der rasende Reporter« eins. Ein Eigentor, räumte er später ein, entstanden aus dem Bedürfnis nach Sicherheit: Hätte er »seine erste Schrift an einen Bücherverlag oder an eine vornehme Zeitschrift gesendet und Erfolg gehabt«, schrieb er, »wäre er ein Dichter, ein Schriftsteller geworden. Aber er hat dies eben aus Skepsis nicht getan, ist Journalist geworden, hat an eine Tageszeitung eingeschickt oder sich um eine Anstellung bei einer solchen beworben.«

Es dauerte, bis man die besondere Qualität von Kischs Texten erkannte und sie zumindest in den Rang der ›literarischen Reportage‹ erhob. Aber erst 30 Jahre nach seinem Tod attestierte ihm der Literaturwissenschaftler Hans-Albert Walter, ein Schriftsteller »im Gewand oder besser: in der Rolle des Reporters« gewesen zu sein. Er habe »hochgradig artifizielle Texte mit den Mitteln seiner Phantasie« verfremdet und damit eine eigene Kunstform kreiert. Das zu lesen hätte Kisch gefallen. Denn schon Ende der Zwanzigerjahre machte es ihm zu schaffen, seinen Maßanzug nicht einfach in die Altkleidersammlung geben zu können ohne dem mühsam erarbeiteten Image zu schaden. So wand er sich in chamäleonhaften Begriffen wie der »logischen Phantasie«, einer Mischung aus der ›Wahrheit des Reporters‹ und der ›Freiheit des Dichters‹.

Dass Lyrik beim Erwachsenwerden helfen kann, wissen viele aus eigener Erfahrung. Aber der junge Egon Kisch hatte wirklich davon geträumt Dichter zu werden. Zielstrebig wie er war, debütierte der Prager kurz vor seinem erstem Besuch in Berlin 1905 mit einem Gedichtband: »Vom Blütenzweig der Jugend« nannte ihn der Kurzzeit-Student der Ingenieurwissenschaften und erlaubte sich von nun an einen zweiten Vornamen. Der Literaturkritik fiel aber vor allem auf, dass Heinrich Heine den Baum für den Blütenzweig von Egon Erwin Kisch gepflanzt hatte. Wenn die Berufung noch keinen Erfolg hat, dann eben erst mal einen Beruf, Hauptsache schreiben. So muss der pragmatische Kisch gedacht haben, dessen erstes Buch nur gedruckt werden konnte, weil Mutter Ernestine ihre Spargroschen hergegeben hatte. Nun also fuhr der Sohn nach Berlin zu Erich Wrede. Der Verleger hatte 1899 in der heutigen Pohlstraße in Schöneberg eine private Journalistenschule gegründet. Kaum dort angekommen, »habe ich Karriere gemacht«, schrieb Kisch nach Hause. Mit »Possen, Aufschneidereien, Zitaten- und Titelkenntnis, hauptsächlich aber durch meinen frechen Stil, [habe ich es] zum primus omnium gebracht.« Nach einem halben Jahr Praxis löste Kisch eine Rückfahrtkarte, um Volontär beim »Prager Tagblatt« zu werden. »Die Kunst des Journalisten besteht darin, aus möglichst geringen Kenntnissen einen möglichst großen, möglichst guten Artikel zu bringen«, hatte er als Resümee seines Berlin-Aufenthalts im Notizbuch vermerkt. Das sah die Zeitung wohl anders: Nach wenigen Wochen setzte sie Kisch vor die Tür. Er versuchte es mit Erzählungen. Auch damit stellte sich der literarische Erfolg nicht ein. Die traditionsreiche Prager Zeitung »Bohemia« nahm ihn schließlich unter ihre Fittiche, weil Kisch einen kannte, der dort einen kannte: Sieben Jahre arbeitete er in fester Anstellung als Lokalreporter, lernte Hehler und Gendarmen kennen – von innen auch Spelunken und Gerichtssäle. 1910 bekam er für seine ersten, in der Wiener Feuilletontradition geschriebenen Geschichten, einen regelmäßigen Platz in den Sonntagsausgaben. Unter dem Titel »Prager Streifzüge« erzählte er dort von Einzelschicksalen in politisch und gesellschaftlich schwierigen Zeiten. Bekränzt mit den Lorbeeren für seine Enthüllungen über den Prager Oberst Alfred Redl wurde Kisch drei Jahre später als Korrespondent der Zeitung nach Berlin geschickt.

Ehrgeizig, streitbar, eigensinnig war Egon Erwin Kisch – und immer gab er alles. Aber wer ihn für einen Schnellschreiber hält, tappt in die Falle des »rasenden Reporters«. Kisch brauchte viel Zeit. Er plante den ersten und den letzten pointierten Satz mit großer Sorgfalt, er rang um jedes Wort für den Rhythmus seiner Texte in der ihm eigenen Mischung aus Fakten und Fiktion, konstatiert Hans-Albert Walter. Während Kisch das in der Rubrik »viel Arbeit« kleinredete, machte er nie einen Hehl aus dem großen Stolz über die Aufmerksamkeit für eine gelungene Geschichte, so harmlos sie auch war. Auf der Karriereleiter weiter aufwärts strebend, schrieb Kisch seiner Mutter 1913 aus Berlin: »Gestern war ja [in der ›Bohemia‹] auch mein Mode-Feuilleton aus dem ›Berliner Tageblatt‹ abgedruckt. Heute, abends, antwortet im ›BT‹ eine Dame mit einem Artikel ›Wie ich einen Mann suchte‹ auf ein Artikelchen, das ich Samstag in diesem Blatt hatte. Wie Du siehst, scheine ich schon beinahe berühmt zu sein.«

Seinen Wunsch Literat zu sein, hatte er da immer noch nicht aufgegeben. Aber auch mit seinem einzigen Roman »Der Mädchenhirt« gelang Kisch kein Durchbruch als Schriftsteller. Bevor er 1914 eine Reise für das »Berliner Tageblatt« nach Bagdad antreten konnte, »unterbrach ein Ereignis gleichermaßen den Erfolg meines Romans wie meine journalistische Tätigkeit: der Weltkrieg.« Auch für den bis dahin mit seinem beruflichen Erfolg beschäftigten Kisch war das eine Zäsur. Er verlor einen Bruder und erlebte sowohl den Untergang des österreichisch-ungarischen als auch des deutschen Kaiserreichs. Die zehn Monate als Korporal an der Front des Ersten Weltkriegs machte er zu einem Buch, mit dem er sich dem Pazifismus verschrieb. 1919 trat er in Wien der Kommunistischen Partei Österreichs bei und wagte zwei Jahre später in Berlin den Schritt in die Selbstständigkeit.

Die deutsche Hauptstadt bot ihm dafür beste Bedingungen: Überall interessierte man sich für das, was im Herzen der Weimarer Republik passierte, zumal Berlin Künstler und Intellektuelle anzog wie Motten das Licht. Das als Kriegstagebuch deklarierte »Schreib das auf, Kisch!« erschien und fand unter Kollegen viel Beachtung. Aber vom Lob allein kann niemand leben. Eine »unerhört glückliche Zeit der Arbeit« begann für Kisch deshalb erst, als ihm die Anerkennung für das »Kriegstagesbuch« 1924 einen neuen Auftrag bescherte: Für eben jenen Sammelband

»Der rasende Reporter«, mit dem er seinen journalistischen Ruf ausbaute und sich für neue Aufgaben ins Spiel brachte, um die finanziell immer klammeren Zeiten zu überstehen. Auftraggeber war Erich Reiß mit seinem Verlag in der Fasanenstraße 44 in Berlin W 15. Reiß betreute namhafte Literaten, aber bei Kisch setzte auch er auf den Journalisten. Damit möglichst schnell ein neues Buch auf den Markt gebracht werden konnte, schlug Reiß Kisch vor, die Sommermonate 1924 im abgeschiedenen Kladow zu verbringen. Um »in Berlin nicht abgelenkt zu sein, hat mich der Verleger in ein Nest auf dem Wannsee gesetzt, das zwar zu Groß-Berlin gehört, aber wo ich nichts von Café, Telefon, Freunden u. dgl. höre und mit Volldampf schreiben kann.« Der Workaholic Kisch ächzte: »Die Arbeit nimmt *16 Stunden täglich* in Anspruch.«

Wieso hatte Kisch so viel Arbeit mit einem Buch, dessen Texte bereits vorlagen? Brauchte es so lange, sein Vorwort zu formulieren, damit dem Journalismus der Ruch des Unseriösen genommen und er sich selbst als besonders »guter Reporter« anpreisen konnte? Nein. Es lag daran, dass er Texte immer wieder umschrieb. Auch in Kladow drehte er Erzählperspektiven der Originale um und legte seinen Protagonisten Sätze mit gänzlich anderem Sinn in den Mund. Ordentlicher Journalismus geht anders.

Aber das Buch wurde, worauf auch Kisch gehofft hatte: Ein Verkaufserfolg. Er trat im Rundfunk auf, folgte Einladungen zu Vorträgen und reiste als Korrespondent für verschiedene Zeitungen nicht nur ins Ausland, sondern auch durch die Republik, deren Lack längst blätterte. Die wirtschaftliche Situation war eine Katastrophe. Kisch schrieb mit zunehmender Skepsis über Politik und Justiz. Er trat dem Schutzverband deutscher Schriftsteller bei, wechselte in die Kommunistische Partei Deutschlands und räumte öffentlich ein, was Kurt Tucholsky ihm schon bescheinigt hatte: einen »Standpunkt« zu haben.

Nachdem Kisch den russischen Schriftsteller Maxim Gorki im brandenburgischen Saarow getroffen hatte, machte er sich 1925 auf den Weg in die Sowjetunion. Es folgten Reisen nach Nordafrika, in die USA und nach China, aus denen er über die Jahre weitere Bücher machte. Obwohl er so viel unterwegs war, blieb sein Hauptwohnsitz Berlin. Zwischen 1921 und 1933 ließ er sich seine Post unter anderem an die Wilmersdorfer Adressen Viktoria-Luise-Platz 7, Hohenstaufenstraße 36 und Güntzelstraße 3 schicken.

»Liebste Mutter, eigentlich hab ich für meine skandalöse Schreibfaulheit nicht einmal die Ausrede der Überbürdung, denn in Rußland habe ich viel mehr gearbeitet als hier, aber in Berlin muß ich jetzt soviel berichten, soviel gesellschaftlichen, d.h. freundschaftlichen, Verpflichtungen nachkommen, daß ich nicht einmal zur Beantwortung Deines guten Briefes kam.« Saß Kisch in Berlin tagsüber nicht zu Hause am Schreibtisch, dann in Bibliotheken und im traditionell zweiten Wohnzimmer eines Pragers, dem Kaffeehaus. Vor dem Ersten Weltkrieg war das »Café des Westens« im heutigen Kranzler-Eck am Kurfürstendamm das Herz der intellektuellen Hautevolee. »In den engen, billig tapezierten Stuben, zu denen nur Eingeweihte hindurchfanden, trafen sich junge Dichter, deren Budget nicht gerade groß war, deren Haare lang hingen. Aus Gläsern, gefüllt mit süßschaumiger Melange, stieg neueste Lyrik«, schrieb der Wirt Ernst Pauly über sein »Café Größenwahn«. Zusammen mit »wohlbestallten Redakteuren und Literaturgrößen saßen sie an den Marmortischen wie an den Wassern Babylons und weineten über die Welt und über alles Bestehende und schimpften und zeichneten Karikaturen auf den Tischdecken und auf den Marmorplatten.« Wenn der Morgen graute, zahlten die Langhaarigen »eine Zeche von 55 Pfennig«. Das

Kisch mit seiner Mutter

versuchte Geschäftsmann Pauly auszugleichen. In seiner eigenen Erinnerung großzügig, pfiffig und vorausschauend, verbot er den Kellnern, das auf die Tische Geschriebene »wegzuradieren«, um »schnell Glasplatten darüberschrauben« zu lassen. »Zum ewigen Andenken und damit er für den Ausfall der vielen nicht bezahlten Schokoladenkakes doch wenigstens etwas hätte.«

Dem »Café Größenwahn« machte nach dem Ende des Krieges das »Romanische Café« den Rang abspenstig – mit der »wohl schönsten Kaffeehausterrasse Berlins«. So beschrieb es der Journalist Georg Zivier. »Da saß man, ruhevoll abgeschirmt, dicht am Trubel zwischen Gedächtniskirche und Tauentzienstraße, trank behaglich seinen Schwarzen, während draußen die Räder der Autos knirschten und die Zeitungshändler die Tagessensationen ausschrien. Von den Bäumen des Zoologischen Gartens wehte Chlorophyll herüber und im Herbst der strenge Duft der morschen Blätter.« In dem »großen rechteckigen und einem kleineren, fast quadratischen Raum« liefen nun viele Fäden zusammen: Neuigkeiten und Klatsch wurden ausgetauscht, Beziehungen vertieft, Intrigen geschmiedet, Konkurrenten ausgebootet, Streitigkeiten ausgefochten und Freundschaften geschlossen. Egon Erwin Kisch war mittendrin. Gesa von Cziffra (der in den Wirtschaftswunderjahren das westdeutsche Publikum sehr erfolgreich mit Musikfilmen unterhalten sollte) lernte Kisch dort 1923 kennen. »Das Kaffeehaus war zu dieser Stunde gut besucht, nur an einem größeren Tisch saß allein ein Herr, auf dem Stuhl neben ihm lag ein Stapel in Holzrahmen eingespannte Zeitungen, wie es damals in Kaffeehäusern üblich war. Wir wurden in zehn Minuten Freunde.« Auch andere Weggefährten erinnern sich an Kisch als einen Netzwerker par excellence, der jeden in ein Gespräch zu verwickeln verstand, dabei eine witzige Anekdote an die andere reihte und vor Charme nur so sprühen konnte.

Schon als Abiturient soll Kisch ein Hans Dampf in allen Prager Gassen gewesen sein. Im Wirtshaus »Klamovka« lernte er die Modetänze des frühen 20. Jahrhunderts und machte nach Aussage seiner Schwägerin wohl auch um Bordelle keinen Bogen. Als junger Reporter zog er daheim mit seinen Schriftsteller-Freunden Jaroslav Hašek und Max Brod um die Häuser und beschrieb sein Leben als einen »ewigen Wechsel der Zeitungsmache und der Weiber«. Dass er sich in den Zwanzigerjahren in Berlin nur aus beruflichen Gründen ins Nachtleben stürzte, dürfen wir also getrost ausschließen. Nach dem Kino oder bei Geburtstagsfeiern seines Kollegen Alfred Polgar, Festen im Haus des Theaterintendanten Max Reinhardt, nach Premieren-Vorstellungen und Konzerten in der Philharmonie, tanzte Kisch in den Morgen. »Immer wieder werden neue ›Groß-Cafés‹ gegründet mit Platz für rund tausend Besucher. Im Parterre ist eine ungarische Kapelle, im zweiten Stock spielen zwei Kapellen zum Tanze auf. Erstklassige Kräfte sorgen in den Tanzpausen für die Zerstreuung des Publikums«, hielt Franz Hessel fest.

Sein Kollege Joseph Roth, der sich wie viele andere Schriftsteller in Berlin mit journalistischen Artikeln finanziell über Wasser zu halten versuchte, ging ins Detail: »Der parfümierte Rauch der internationalen ›Luxuszigaretten‹ steht unter der Decke, eine Art gasförmiges Unterfutter des Plafonds. Die rötlich verhüllten Lampen verbreiten ihr Licht nicht, sondern verbergen es. Die nach internationalen Rezepten gemischten Cocktails, deren klare Buntheit an flüssig gemachte Halbedelsteine denken läßt, stehen in halbgefüllten, gleichartig gewölbten Gläsern von dem Umfang halber Kokosschalen.« Dort darf man sich den gutaussehenden Egon Erwin Kisch vorstellen: Ein Hahn im Korb, der Frauen immer auf Trab hielt.

Seine Mutter war natürlich mächtig stolz auf ihren »Egonek«. Das Verhältnis der beiden war vielleicht auch deshalb so herzlich und fürsorglich, weil Kisch erst 15 Jahre alt war, als sein Vater starb. Die »liebste Mama« erfüllte ihrem Zweitältesten jeden Wunsch: Sie schaute sich regelmäßig in den Prager Buchläden um, ob die Arbeit ihres Sohnes auch angemessen präsentiert wurde und kramte nach Material, das Kisch in Berlin nicht zur Verfügung stand.

1919 lernte Kisch im Wiener »Café Central« Gisela Lyner kennen. Was den Mittdreißiger nicht davon abhielt, gleich nach seiner Ankunft in Berlin 1921 innige Bekanntschaft mit seiner Landsfrau Jarmila Haasová zu schließen. Sie war Journalistin und Übersetzerin, verheiratet mit dem Drehbuchautor und Filmkritiker Willy Haas. »Jarmilininko« nannte er sie; wahlweise auf Deutsch »Äffchen«. Weil Kisch das Tschechische nicht perfekt beherrschte, wurde sie auch seine Übersetzerin.

Bald hatte Gisela Lyner ebenfalls eine Adresse in Berlin. Mit dem kurzen Satz, sie habe »viel Arbeit mit Abschreiben aller möglichen Manuskripte«, stellte Kisch die Österreicherin seiner Mutter vor und schickte hinterher: »Ich bohre mich wieder hinein und mache hundert neue Korrekturen, Gisl schreibt es wieder ab, ich lese es durch und zerreiße es ganz und gar.«

Gisela Lyner (ein »Ausbund an Bescheidenheit« wie die befreundete Schriftstellerin Lenka Reinerova sie nannte) wurde Kischs Lebenspartnerin, die ihm bei allem den Rücken freihielt. Die Korrespondenz der beiden überdauerte die Zeit nicht. 1926 kündigte Kisch seiner Mutter an: »Meine Wohnung gebe ich mit dem heutigen Tage auf, doch bleibt meine Briefadresse die alte. Telefonisch bin ich auf *Lützow 6126* zu erreichen. Frl. Lyner fährt mit Frau Jarmila (über Prag) nach Wien, und ich übernehme für die Dauer ihrer Abwesenheit ihre Wohnung«. Monogam lebte Kisch nicht. Jarmila Haasová und Gisela Lyner befreundeten sich. Einen Sommer verbrachte Kisch u. a. mit der attraktiven Kölner Schriftstellerin Irmgard Keun in Belgien. »Dat Egonek«, wird sich Keun noch als alte Dame erinnern, »wat war dat Egonek zärtlich ...«

Kisch liebte, lebte und arbeitete bis März 1933 in Berlin. Sein persönliches Engagement in der KPD blieb zurückhaltend. Aber für Max Hoelz, den roten Robin Hood aus dem Vogtland, verließ er 1927 seinen Beobachterposten. Der radikale Kommunist war unrechtmäßig zu einer lebenslangen Haftstrafe verurteilt worden. Kisch veröffentlichte nicht nur dessen »Briefe aus dem Zuchthaus«, sondern trommelte mit den bekanntesten Intellektuellen vehement für seine Freilassung: »Nächsten Sonntag wird auf Piscators Bühne eine Protestversammlung sein, auf der ich reden werde.« Im darauffolgenden Jahr wurde Hoelz amnestiert.

Kisch mit Gisela Lyner, um 1930

»Meinen Rummel kannst Du Dir nicht vorstellen: vorgestern habe ich am Schönhauser Tor über Tolstoi gesprochen, gestern habe ich im Radio mit Musik Tretmüllers ›Eliptüden‹ gelesen (Alfred Kerr hat eröffnet)«, schrieb Kisch an Jarmila Haasová. Sein Buch »Der rasende Reporter« hatte inzwischen die 10. Auflage überschritten. Dass sich der Vorhang vor der Weimarer Republik langsam schloss und das auch Konsequenzen für ihn haben würde, schien Kisch selbst am 30. Januar 1933 nicht wahrzunehmen: »Auf der Straße wehen Nazi-Fahnen, denn Hitler ist erstanden, schön sehen wir aus!«

Das änderte sich am Morgen nach dem Reichstagsbrand: Kisch – Jude mit kommunistischem Parteibuch – wurde in der Schöneberger Motzstraße aus dem Bett geklingelt und ins Gefängnis nach Spandau gebracht. Sein tschechoslowakischer Pass rettete ihn, und er konnte Nazi-Deutschland ein paar Wochen später verlassen.

Als seine Bücher in Berlin verboten wurden, lebte er mit Gisela Lyner in der Nähe von Paris und ließ sich im Juni 1934 beim »Ersten Internationalen Schriftstellerkongress zur Verteidigung der Kultur« zusammen mit dem Schriftsteller Heinrich Mann in den Vorstand wählen. Dem Aufruf französischer Schriftsteller waren an die 250 Künstler aus 38 Ländern gefolgt. Es war der erste große internationale Protest von Kulturschaffenden gegen den Nationalsozialismus. Aus dem wütenden Linken Kisch war ein kämpfender Nazigegner geworden, der im Oktober eine Seereise nach Australien antrat, um an einem Anti-Kriegskongress teilzunehmen und die Gelegenheit zu nutzen, für ein neues Buch zu recherchieren. Drei Jahre später berichtete er über den Spanischen Bürgerkrieg. Seine Postadresse lautete: Internationale Brigaden, Calle Velasquez 63 in Madrid. Ein gutes Jahr nach der Hochzeit mit Gisela Lyner floh Kisch 1939 in die USA, wohin ihm seine Frau folgte. Gemeinsam fuhren sie weiter nach Mexiko. Kisch reiste durch das Land und schrieb – auch für Emigranten-Organisationen.

»Was soll ich Dir, Jarmilko, über all das, was ich durchgemacht habe, schreiben! Und das auf einem Papier, von dem ich nicht weiß, ob Du es erhältst! Ich arbeite daran, daß ich so schnell wie möglich nach Hause zurückkehren kann. Die Botschaft hilft mir (auf Anweisung von Prag), aber so leicht ist das nicht …« So verzweifelt klang Kisch vier Monate nach Kriegsende in Mexiko. 1942 und 1944 waren seine Brüder Arnold und Paul in den Konzentrationslagern Litzmannstadt und Theresienstadt ermordet worden.

Ein knappes Jahr nach dem Ende der Hitler-Diktatur landeten die Kischs auf dem Flughafen von Prag. Deutschen Boden würde keiner der beiden je wieder betreten. Ob der kritische Geist Kisch ahnte, dass er und seine Geschichten im Kalten Krieg einmal stellvertretend für die Grenze zwischen der Bundesrepublik und der DDR verstanden werden können? Was die einen bejubelten, verdammten die anderen. So sprachen die westdeutschen Literaturwissenschaftler Reinhold Grimm und Jost Hermand 1970 von Kischs »provozierender Unkunst«. Zur selben Zeit bescheinigte deren ostdeutscher Kollege Dieter Schlenstedt ihm eine »elastische Gestaltung der ganzen Wirklichkeit« auf dem Weg zur »Parteiliteratur«. »Die artistische Behandlung des Stoffes erscheint dabei nicht als aufgeklebte Zutat, sondern als dem Wesen der Reportage immanent.«

Egon Erwin Kisch starb nach zwei Schlaganfällen am 31. März 1948 in der Stadt, in der er geboren worden war, aber nicht mehr sprechen und schreiben konnte, wie ihm der Schnabel gewachsen war. Berlin der Weimarer Republik bleibt die Stadt, in der er zum »rasenden Reporter« wurde.

Gabi Wuttke
Berlin, im August 2018

Anmerkungen

S. 24 *Furlana* – italienischer Volkstanz
S. 29 *Kč (auch K)* – tschechoslowakische Kronen
S. 31 *Volksspeisehalle*, Alte Schönhauser Straße 13
S. 35 *Lietzmannstraße* – später Gerlachstraße, heute überbaut
Neue Königsstraße – heute Otto-Braun-Straße
S. 38 *Castans Ende* – Castans Panopticum war ein Berliner Wachsfigurenkabinett, das von 1869 bis 1922 existierte
S. 43 *Café Passage* – an der Kaisergalerie Friedrichstraße, Ecke Unter den Linden
S. 47 *Frl. Lyner* – Gisela (Gisl) Lyner (1895–1962), Kischs spätere Ehefrau
Frau Jarmila – Jarmila Ambrozova, später Haasová-Nećasová, (1896–1990), Kischs langjährige Freundin und Übersetzerin seiner Werke ins Tschechische
S. 54 *futuristischen Kunstgalerie* – Galerie »Der Sturm« von Herwarth Walden in der Potsdamer Straße 134a
S. 55 *jenes Theater* – 1922 übernahm Eugen Poell das Theater an der Kommandantenstraße (Nr. 57)
S. 56 *Renaissancetheater* – Knesebeckstraße 100
Zentral-Theater – in der Alten Jakobstraße 30–32
S. 57 *Jarmilininko* – siehe 2. Anm. S. 47
Bornstein – (1899–1952), deutscher Journalist und Literaturkritiker
Willy – Willy Haas (1891–1973), deutscher Publizist, Filmkritiker und Drehbuchautor, erster Mann von Jarmila Haasová-Nećasová
S. 66 *Carpentier* – Georges Carpentier (1894–1975), französischer Boxer
Sipos – Sicherheitspolizisten
S. 91 *Theater in der Königgrätzer Straße* – Hebbel-Theater, heute Hebbel am Ufer in der Stresemannstraße 29
S. 107 *Leichenschauhaus* – Hannoverschen Straße 6, später Gebäude der Rechtsmedizin der Humboldt-Universität, heute Topoi – Formation and Transformation of Space and Knowledge in Ancient Civilizations
S. 112 *vom Schlage Haarmanns* – Fritz Haarmann (1879–1925), zum Tode verurteilter Serienmörder
S. 123 *Otto Lehmann-Rußbüldt* – (1873–1964), deutscher Pazifist und politischer Publizist
Dr. Apfel – Alfred Apfel (1882–1942), deutscher Rechtsanwalt, Strafverteidiger u. a. von Carl von Ossietzky und Autor.

Abbildungsnachweis

Archiv Haasová-Nećasova/Haupt S. 137, 139
Bundesarchiv S. 11 (Georg Pahl/102-00327A), S. 33 (183-09249-0013), S. 41 (Herbert Hoffmann/146-1976-141-25), S. 50 (183-R25288), S. 67 (Georg Pahl/102-00505), S. 77 (Carl Weinrother/146-2006-0068), S. 101 (183-1982-0902-510), S. 103 (Georg Pahl/102-00903), S. 119 (Georg Pahl/102-00382), Umschlagvorderseite (Herbert Hoffmann/146-1976-141-21)
Landesarchiv Berlin S. 21, 60, 85, 89, 127
ullstein bild – Imagno (Foto: Lotte Jacobi) S. 129